迷人的水南尾

吴尔芬 著

湘潭大学出版社
XIANGTAN UNIVERSITY PRESS

图书在版编目（CIP）数据

迷人的水南尾 / 吴尔芬著. -- 湘潭 : 湘潭大学出版社, 2024.1
ISBN 978-7-5687-1300-9

Ⅰ. ①迷… Ⅱ. ①吴… Ⅲ. ①散文集—中国—当代 Ⅳ. ①I267

中国国家版本馆CIP数据核字（2023）第233152号

迷人的水南尾

MIREN DE SHUINANWEI

吴尔芬 著

责任编辑： 张　蔚
封面设计： 悟阅文化
出版发行： 湘潭大学出版社
社　　址： 湖南省湘潭大学工程训练大楼
电　　话： 0731-58298960 0731-58298966（传真）
邮　　编： 411105
网　　址： http://press.xtu.edu.cn/
印　　刷： 成都市兴雅致印务有限责任公司
经　　销： 湖南省新华书店
开　　本： 880 mm×1230 mm 1/32
印　　张： 7.25
字　　数： 185千字
版　　次： 2024年1月第1版
印　　次： 2024年1月第1次印刷
书　　号： ISBN 978-7-5687-1300-9
定　　价： 69.00元

序言

吴大师造梦

兰文 / 文

他的头衔很多，自号造梦师，造什么梦？造青春梦。友人常称他为吴大师，因为他博闻广识，雅俗皆通，并且认为人人皆可为大师，故得此名。有人十分严肃指出，“大师”一词岂可随便使用，几人能够当得起？吴大师反驳称，“大师”这词被申请专利了吗？

他的名字叫吴尔芬，生于闽西连城，常住海滨厦门。

初识吴大师，在一家小小的羊肉火锅店，好友几人围坐，中间一个羊肉大炖炉，热气腾腾，满室生香。经友人介绍，得知他为厦门市作协副主席、中国作协会员，擅长小说、著作等。光溜溜的头顶，圆滚滚的脑袋，狡黠的目光，能把死说活的嘴巴，他无疑成了一桌的焦点。

他的言谈上天入地、贯通中西，笑容阴晴不定、诡谲莫测，明明是在胡编故事，却说得有鼻子有眼，煞有介事，比真的还要真。明明是真的事情，他添枝加叶，添油加醋，倒使人怀疑故事纯属虚构，请勿对号入座。

吴大师创作乐于天马行空，神游八方，对于紧贴现实书写的题材兴趣不大。他在部队做过通信员，退役后在电视台做过记者，可能早年新闻稿子写多了，物极必反，他彻底奔向了写实的另一端——虚构。

在虚构天空中，他快意纵横，奔突无碍。《雕版》《九号房》《姐妹》《人皮鼓》《爱拼才会赢》……一部部长篇小说，从脑袋中汩汩流出，浸润了一片片荒郊野地。他也写散文、评论、剧本，散文嬉笑怒骂涉笔成趣，评论一针见血力透纸背，剧本还给文学爱好者讲过课。除此以外，他撰写历史专著，编纂大部头文史图书。近年，吴大师更向童书领域进军，推出《瓷魂》《古田军鼓》《孙家栋》《少年陈嘉庚》等作品，写故事，出绘本，并且为孩子们开班讲授创意写作。

另外，他办过网站，教过大学，拍过影视，搞过研学，还玩了元宇宙，策划了展馆，他把这些所有的努力，冠以“青春梦工厂”品牌——厦门造梦师，打造青春梦工厂。他一直不停追逐着天边遥远的美丽的梦，时常追着追着，就换个新梦去追逐，就像夸父追日一样永不懈怠。他非常享受这种逐梦体验，人活着，就是要敢于造梦、逐梦，这过程甚至比圆梦结果更为他看重。

三年口罩期间，时常困守斗室，憋闷难熬，他捡起了荒疏多年的剪纸。这门手艺，纯属他儿时在家耳濡目染的“无心插柳”，母亲是他剪纸的启蒙老师。虽无正规训练，但艺术讲究天分，他的剪纸作品追求神似，线条简约，红纸衬以白底，两色刻画出人物形象无数，社会名流、身边朋友、市井脸孔等，一一展现于他灵巧的手下。他的剪纸作品主题敢于突破传统，现代感强，富于思想性，不会给人炒冷饭的感觉。

他迷上的最新的梦叫元宇宙。何为元宇宙？相信多数人会满脑问号，他却已走南闯北，引领潮流，创建了元宇宙体验公园，让人“百闻不如一见”。元宇宙该是现实宇宙之外的虚拟出来的新奇的梦，但它又不同于“完全新造一个别处的世界”，它与现实宇宙有着千丝万缕的生发、关联、互动。

吴大师爱书成痴，经常见他提着一袋袋书，搬着一箱箱书，累得吭哧吭哧满头大汗气喘如牛。他愤愤然说，搬这些书比搬砖还重还累！他藏书多，读书多，大脑就是一个小型图书馆，即便编纂大部头地方文献，也能左右逢源。

吴大师身居闹市区高楼，时常伫立窗前，看楼下熙来攘往，看远处高天流云，不由生发出强烈的抽离感、荒诞感，似乎一切都在渐渐地变形、扭曲、碰撞、混沌，这时，真实与虚幻的边界模糊了，现实宇宙与元宇宙交融了，他又开始造起瑰丽而奇幻的梦了。

一个作家，心中有无限的宇宙，落笔方能野草般蓬勃。

是为序！

目录

游与记

评与论

问与答

序与跋

游与记

培田，1934年的暴雨

元宵刚过两天，一帮文友就急急汇集培田，以笔会的名义欢聚。

面包车把我们从动车站拉进培田的时候，天已黑透，我们深一脚浅一脚，拉着行李箱跟司机走。行李箱的塑料轮子滚过鹅卵石路面，发出咯咯的声响，像更夫在敲柝。寒风拐弯穿过巷子，比夜猫还突然，与其说是受寒，还不如说是受惊。惊吓之下，我拉高夹克衣链，冰凉仍然从后脑勺灌进脖颈，整个身体都收紧了，脚步飘了起来。

今年暖春，在厦门穿一件毛衣都是要冒汗的。我懊恼自己的大意，忘记两地气温的差别，应该披上大衣才对呀。远远地，看见主人站在紫阳书院的门牌下跟我们打招呼，心就暖了。

进来院子一看，吓了一跳，十几个人在等，饿着肚子等我们。晚餐有客家大菜，有滚烫的米酒，有豪迈如牛的李西闽，气氛热烈，身体升温，顿时觉得寒冷离我远去了。

晚上出来，沿路打哆嗦，先是跺脚，然后小跑，到朋友家赶紧借一件厚实的外套裹上。上半身暖和了，下半身还是冷得不行，从口袋里抽出手，不断搓腿揉膝盖，才勉强陪大家结束茶局。

第二天上午的天气还算凑合，天冷却也风静，祠堂里厨师挥刀切菜，门口的临时大灶飘出肉香，帮厨的小姑娘进进出出地抬盘摆碗。我看着一切甚好，吹起口哨拍几张照片发朋友圈，就去村口迎候龙岩来的作家们了。

午饭吃得放松，五大桌的熟人，那个舒畅、那个痛快，连屋瓦都快掀下来。

中午酒桌上聚集起来的兴致，到下午就被浇灭了。大雨阻住了大家参观古民居的脚步，座谈会在一片叹息中开始。文人开会不正经，稍不留神就哄笑跑题；雨却下得正经，是那种不依不饶、慢工出细活的雨，下得人失去雨过天晴的盼望。

雨伞成了稀罕物，找到的呲起牙撑开出门，寻不着的愤愤地踢一脚门槛，垂头踅回继续喝茶。

我从厨房弄了一把，虽然伞柄生锈、伞骨折断、伞布翻卷，但它毕竟是伞呀。饥不择食，雨不择伞，对吧？

我就举着这把历史悠久的伞进入悠久历史的官厅。官厅是吴馥轩家族的祖屋，建于清朝康熙末年到乾隆初年，没错，这种规模浩大的房子是值得建几十年的。培田几十幢古民居、古祠堂、古书院，形成古村落，当然包括官厅，是吴氏宗亲从清初到清末民初，历经两百多年艰苦创业的结果。

这时，轻轻一阵凉风掠过，雨就小了，但下得很细、很密，迎到脸上扑粉似的。官厅门前的树上、草上，都是这种轻飘的、流动的、潮湿的雾霭。

官厅是九厅十八井中轴对称式住宅的典型，实际上多达 11 个厅堂、32 个天井和院落，房间近百，占地 6000 多平方米。官厅有四进，我收起破伞一进一进地张望，寒雨天的原因吧，不见游客，主人也不知去向。我在大厅正中的吴馥轩挂像前发了一下呆，准备换个地方继续溜达。

从天井望上去，天空呈灰白色，小雨点又下来了。接着就听到雨点落在瓦片上的声音，嘀嘀嗒嗒，响个不停。瓦枧的落水也由点到线，渐渐有了哗哗的喧闹，轻轻地，像是害羞的小女孩。

可是破伞收起来不易，撑起来更难，必须把伞布一个角一个角地塞进伞骨。这么一折腾，我就不想走了，反正培田也不止来十次八次，审美早已疲劳。好比我推开窗户就能看到鼓浪屿，但若不是外地朋友强烈要求，我是断然不会去鼓浪屿闲逛的。不如枯坐，盘算一下还有谁欠我的稿费。唉，有个人说话就好，刚才应该磨一个作者做伴的。

我坐在一把独自发呆的竹椅上，大院的植物尚未开花，叶尖挂着圆圆的透明水珠，不时无声地落向鹅卵石。门口种碧绿的芥菜，菜叶子好比刚刚涂了油，闪闪发光；有的菜畦汪着一摊摊的水，反射亮光，远远望去，如同铺了一块块不规则的玻璃。

向远处眺望，大路十分凉爽，散发出湿答答的、雨水的味道。偶尔一只麻雀飞快地窜过，不叫也不停，闪灵一样。世界沐浴在倾斜的、淡灰色的雨中，静寂而无聊。

这时，转出来一个老人，穿蓑衣、戴斗笠，脚下却是时尚的雨靴。我就想，他要是卷起裤管多好，拍张照片发出去，肯定能赢得广泛点赞。

他走得慢，懒得看我。正要跨出门槛的时候，我喊住了他："老人家，坐一下嘍。"

他抬头看天，瞥我一眼说："雨不大，牵牛要紧。"

好不容易逮住一个人说话，岂能轻易放弃？我站起来给他让座："雨越来越大了，歇一会吧！"

老人没要竹椅，拉过条凳坐下，摘下斗笠扣住膝盖，悠悠地说："这算什么大雨？真正的大雨你没见过呀。"

我来了兴致："培田哪一年的雨最大？"

老人掏出纸烟点着，呸掉黏在嘴唇上的烟丝，摸摸陶罐似的光头说："1934年，那一年的雨好大哟，像是天塌了下来。"

1934年注定是不平静的一年，"狗年，鸡飞狗跳的。"老人说。这一年发生的事，有些我知道，比如历史书上写的；有些我不知道，比如老人说的。

"我记得稳，那天是农历五月二十四日，我八岁生日。"按老人的说法：

那天的乌云一层叠一层，又厚又急，遮蔽了整个天空，雨脚踏到松毛岭的时候，进来一队军人。

军队穿灰蓝色军装，裤子配绑腿。他们在官厅前前后后看来看去。

接着，一些军人把墙壁上民团写的标语洗掉，盖上新画新标语。画和标语至今还在：一幅画一个农民，左手高举镰刀，右手握一支步枪。

另一幅画左右竖写着："有钱出钱，有力出力，抗日到底"。

军队把路封死，真刀真枪警戒。在大厅四周挂起严密的围幕，是灰蓝色的布，跟他们的军装一个颜色。官厅东、西、北三面十几道大、小门全派上哨兵封锁，不准进出，只留济美堂与亭公祠相通的南边小门出入。

军官模样的人是骑马进村的，踩得石板路打雷一样响，威威滚地望不到头，得有上百匹马。衡公祠、久公祠门前，整条街都是马，喘着粗气，猛甩脖子，刨起后蹄嘶叫。

带盒子炮的军官从南边小门进了官厅，走入围幕内，把佩枪挂在板壁竹钉上。警卫员佩双枪，留在雨坪，有的放哨，有的进横屋找地方打盹。

军人越聚越多，上周边的山挖筑工事，电话线牵到每个山头，官厅背后的进士第做指挥部，双灼堂竖起四根天线，安装电台，手摇电机的轰鸣，发报机的嘀嘀声响个不停。

细雨加浓雾，把山、树、房子包上模糊昏晕的外壳，树在双灼堂的竹竿、木杆，雨雾中只露出顶端的天线，远远看去，就像是浮在半空中的鹰。就是近在眼前的哨兵，也成了晕晕的影子。

培田村没有这么闹过，也没有这么忙过。老一辈说，祖上中进士没有这么闹、这么忙；南山书院办新学，也没有这么闹、这么忙。

宣传队上街刷标语，给闲人唱客家山歌。山歌刚起了个头，一阵闷雷滚过，掼下利风，打乱人群，豆大的雨下来，猛，而且密。散开的人群开始奔跑，小的在叫喊，女的在哗笑，老的不跑，朝公祠门内钻。刷标语的握紧毛刷、提墨桶进屋；唱山歌的收起竹板，贴墙站在屋檐下躲雨。

雷越响，风越急，雨越大。村里人都进屋了，房前房后、村头村尾、山上山下，全是站岗放哨的军人。他们不怕雨，有的穿蓑衣、有的戴斗笠，有的就那么淋着、杵着，灰蓝色的军装湿透了，成了深蓝色。雨幕中，他们融入树木草丛，像是长在那里。

老人说："这一天的夜里动手开会，我年纪小，从围幕缝隙偷看，一个当官的在讲话。"

突然，一道长长宽宽的闪电划破整个天空，所有人和物都被久久照亮了。接挨着，一响暴烈的雷声，快要把培田震碎了似的。暴风雨下来了，一抓一抓的，飙急的大雨点和旋风像是拧成股的一条条鞭子，从天空凶猛地抽打下来。围幕眼看要被卷走，扑过来几个军人，牢牢地扯住幕角，才没有让它抽打到开会军官。

这么大的雨，人没见过，房子没见过，恐怕连山都没见过。因为这不是雨，而是狂野的、叫人站不住脚的倾泻下来的水。瓦枧成了瀑布，天井很快就满了，水溢出下厅，被门槛一挡，打了个旋，从侧门流出去。慢慢地，房间里也湿了，不知道水是从哪里来的，但它就是来了，像气味，又像声音，弥漫在空气中，看不见，摸不着，抓不到，赶不走。

第二天，没有天，只有无边的水把天地接连起来，无边的黑把两头的夜晚串通起来。风在吼，雷在滚，雨在下，风暴雨把官厅的围幕都快按到水里了。这简直就不是雨，而是天国打开闸门，把天河的暴洪倾注到了人间。天地之间迷迷蒙蒙一大片，像是永远不会天亮。

官厅的会还在开，电台还在响，只是雷雨的暴怒压住了所有的声音。饭蒸熟后，女人用油纸蒙住饭甑，再抬进官厅，因为从厨房到官厅要绕过一个天井。那时候的屋檐已遮不了突进的雨，就这么几十步的一个来回，女人已浑身精湿。

连天的雨脚被笔架山刮下的长风吹成斜挂的雨账，白茫茫地笼住整个培田。天是那么的暗，外面的景致显得又背又黑，附近的树木分外黯淡，像蒙着一层蜘蛛网。狂风把树木吹弯了腰，叶片惨白的底面都翻上来，然后一阵惊天动地的怪风跟进，刮得所有的树枝狂抓乱舞。

当闪电划过，可以看见远远的一片树梢，在风雨中颠来簸去，树下的军人在摇晃，有的抱紧树干，但都站着，没有蹲下，更没有趴下倒下。吹上天的谷簟，像被击落的巨鸟拍打翅膀，扑扑跳动着。闪电划过就好比火柴头划过，就亮那么一下，一下过后又是一团迷蒙。

雨下了一天，雷打了一天，会开了一天，人淋了一天。第二天的夜里，雨还在下，雷还在打，会还在开，人还在淋雨。后沟里的水，哗哗奔流，发出小溪般的喧嚣。躺在四处滴漏的床上，不仅能听到暴雨拍打地面的啪啪巨响，还能听到溪水倒灌顺着门前街道奔腾的湍流声。房间的积水越来越高，漂走了鞋子，连踏凳也浮起来。

深夜里，炸开一声闷雷，声音大到足以吓死一头牛。大地震得颤抖，好比猛烈的山崩。闪亮穿透窗户纸，比盛夏的烈日照进来还要刺眼。

奇怪的是，这一响炸雷过后，雨就突然停了，像是壶里的酒倒光，比细人仔收尿还干脆。

这么一算，狂风暴雨一天两夜，他们开会也是一天两夜。房顶上是枯枝败叶，饭桌上是残瓦碎砖；天井和大院连成鱼塘，鱼群跳跃；小溪扩容成河，淹没了石桥。

早起的人发现，军人不见了，只有街头的标语、山上的马粪、院里的竹竿还在。掀开锅盖，还有隔夜的粥；探一探被窝，暖烘烘的；撩开马粪，冒出热气。村里人都说，他们经过前进、中福、南山、大片岭，进入松毛岭、少华山。

关于这场长达一天两夜，连山都没见过的狂风暴雨惊雷，老人是这么概括的："这是老天爷在帮他们呐，没有这场雨，他们躲不过黑寡妇。"

"黑寡妇"是德国制造的飞机。

他们走后，太阳露脸了，松毛岭有雾，田野有虹。八岁的他在大坝底放牛，一阵轰鸣声由远而近，越来越响，抬头一看，一架黑寡妇擦过柿树顶，从松毛岭飞向官厅。溪垅转了几个圈后，黑寡妇往上钻，一个黑乎乎的东西直往下掉。轰的一声，硝烟、土石冲天而起，他被震得跌落溪坎。喝一口水的工夫，南山书院也传来沉闷的爆炸声。

等黑寡妇飞走，他小心地靠近一看，溪垅双岔路口的田里炸了个大坑。南山书院扔了两枚，一枚炸坏了教室、办公室的墙壁；另一枚落在防空洞上，没炸，是颗哑弹。

村里的年轻人说，官厅开会的当天，特务就刺探到了。没动手，是因为雨大雷急风高，停在漳州机场的“黑寡妇”爬不上天空，就算飞过来也辨不清培田。

经老人这么一说，我不得不承认，今天的雨跟1934年的雨相比，确实是毛毛雨，不值得一提。

这时，风弱了，雨并没有停干净，只是雨点稀了些，也细了些。老人戴起斗笠，站起来说：“你慢慢看，我要去溪垅牵牛了。”

老人的雨靴踩得积水的路面呱呱响，当斗笠蓑衣消失在视野，我走回紫阳书院赶晚餐。远远望去，笔架山一片灰蒙蒙；近处的山峦白雾稀薄，露出了些微的青黛；屋顶上灰白的水汽，在风里飘展；眼前的荷塘，水面漾出无数闪亮的小圆。

雨还在淅沥沥地下，院子里的瓦罐、脸盆，被雨点敲得铛铛响，敲小锥锣似的。

晚上由黄征辉主持联欢会，其实就是文友自娱自乐，表演自愿、鼓掌自愿，尖叫自愿、早退自愿。

演唱的人在上厅，观看的人在下厅，中间隔着天井。天井石花架上的兰花披叶绽蕊，雨点儿打在细长的叶上，珠子般乱转。瓦枧的滴水串成珠帘，垂帘听曲，隔雨观舞，竟然另有一番滋味。

回到厦门自己的书房，翻开《20世纪中国全纪录》，对应了老人说的话并非夸张的虚言。

培田的雨，懂时运，有文化，贴人心，是雨中的精灵。

若有幸，必定再来一次培田的雨中欢聚。

（原载《厦门文学》2020年第2期）

我们面向太平洋

——为第 44 届世界遗产大会而作

打开中国地图，从长江金三角到珠江金三角画一条直线，东南圈进台湾，这就是《中国国家地理》命名的“新月地带”，闽南金三角，位于新月地带的几何中心。

打开福建地图，曾经的“东方第一港”刺桐港，开启白银时代的“天子南库”月港，与台湾鹿儿港独家对渡一百年的厦门港，构成了激荡海上丝绸之路的“闽南金三角”，厦门正居中心。

夏季，受西南季风影响，从厦门出海的船只沿海峡东侧可流入东海，进入太平洋；冬季，受东北季风的影响，厦门航船又可驶向南海、印度洋沿岸。

新月地带面向太平洋，闽南金三角滥觞海上丝绸之路，多少闽商、华侨、游子在厦门聚散，他们下南洋、过台湾，在波涛汹涌中演绎大中华海洋文明的传奇。厦门建筑就是凝固的音符，谱写了一首壮丽的《爱拼才会赢》。

建筑是一个国家的文化载体，也是一个民族的象征。厦门建筑没有世界性的标志物，但它的丰富性、多样性却是世界性，因为东西方文明在这里碰撞与交汇。因此，厦门建筑不但见证了中国近代史，也是中国建筑史上的一朵奇葩。

红砖古厝：精神需要与历史烙印

厦门的民居建筑，是我国诸多人居文化中富有特色的一种建筑类型，学界称之为红砖古厝。厦门的山区民居源自中原，经岛外传入岛内，反映了厦门先人在历史、科学、艺术、生活等方面的基本面貌，包括民居、城寨、书院等众多种类。厦门的红砖古厝主要分布在以下几个地方：

同安辽野村古民居群。是一座两列三进式的清代古民居群，共 15 幢，大大小小数十个房间。整片房子呈现出一种对内开放、对外封闭的庄园式风格。

翔安吕塘村古民居群。吕塘村里有许多精美的明清建筑，记载了闽南地区古村落发展的历史。村内还保留有大量闽南古建筑特色的“九架厝”，这些“九架厝”外观看起来一样，里面却有所不同。

海沧新垵古民居群。是厦门乃至福建省最典雅的古民居，体现了典型的闽南人文特质。海沧新垵村聚集了 600 多幢的红砖古厝，大多是历史上出洋创业者的居住地。

岛内的红砖古厝主要有鸿山、新生、太平、水上、福海、大澳、靖东、深田、梧村等历史上的农村，特别值得一提的是曾厝垵。这是一个极具代表性的闽南原生态自然村落，同时它还是一个侨村。走进曾厝垵，随处可见当年华侨遗留下来的大量红砖古厝和南洋风格的“番仔楼”，村里的福海宫、启明寺、曾厝垵的标志建筑圣妈宫，以及路旁散落的建筑构件都在诉说着关于曾厝垵的掌故逸事。

厦门的红砖古厝传承闽南建筑的传统，一般选择接近河谷、山边的向阳小坡地聚族筑居。还要接近水源、交通方便、利于耕种，通常有几户、几十户人家，居群规模大小不等，村落大多无完整街道，随山坡地变化曲折蜿蜒，路面多以土筑路或铺河卵石路面。独特的构架体系和华丽的建筑装饰，为红砖古厝的装饰艺术增添了无穷魅力。

红砖古厝里的居民热情好客、喜结会社、公事易举，形成了清明吃薄饼、上元乞寿龟、端午飞龙船、中秋搏会饼等特色民俗。

总之，早期红砖古厝留下的文脉痕迹，为近现代的厦门留下了文脉积淀。

骑楼商业街：厦门的文脉

骑楼是以遮阳为主要功能的“外廊式建筑”，三幢别墅组成经由东南亚进入中国，成为近代厦门商住建筑。一般分楼顶、楼身、骑楼底三部分，在马路边相互连接而形成自由步行的长廊，因为可以雨天逛街，一时风靡厦门城，逐步成为街景的主格局。

骑楼建筑在岛内的中山路、大同路等商业街道较为集中，推动了厦门的商业与文化的发展，改变了居民的生活方式。

厦门中山路始建于 1925 年，是全国唯一一条通海商业街。中山路是厦门街市马路“四纵七横”中的“七横”之一，自开街以来，一直是厦门的商业龙头、经济中心。中山路是厦门保留较完整的展现近代历史风貌的旧城街区，拥有中华第一圣堂等众多人文古迹。

中山路保存下来的骑楼街道历史文化遗址和闽南街市风情，见证了厦门城市历史发展的过程，留存了城市宝贵的文化记忆。中山路现有省级文物保护单位 3 处，市级文物保护单位 5 处，市级涉台文物古迹 1 处，历史遗址、古迹 10 余处，还有南音等非物质文化遗产。2012 年 6 月，荣获“中国历史文化名街”的称号。

中山路片区保留了如此众多的文物古迹，孕育了众多的厦门文化名人，堪称厦门的文脉。这里有著名民族英雄陈化成、著名书法家欧阳桢、诗人虞愚、著名书法金石家吕世宜等名人的故居；著名的民盟早期领导人李公朴和作家郁达夫下榻过的天仙旅社。

大同路始建于1929年，是厦门第一波城市建设时出现的道路。大同路曾经是厦门最繁华的商业街，也是商品种类最齐全的贸易区。由于它靠近轮渡码头，地理位置上佳，所以很快成为货运量和人流量最集中的地方，商品流通量巨大。加上它毗邻邮局、海关等重要机构，形成贸易集市，成为当时厦门的商业中心。

当时厦门最大的百货公司——南泰成百货店和捷克百货店、布类品种最齐全的“同英布店”，就坐落在大同路上。街道上还有参茸行、钢铁五金行、粮油食品店等，吃穿用度一应俱全。大同路上的小吃闻名遐迩，“好清香”的烧肉粽、“赖厝埕”的扁食、美人春卷等都是名噪一时的小吃，其中有几样至今仍备受市民喜爱。

骑楼不仅带来厦门建筑的革命，更是中西交流与碰撞的摇篮，无数华侨巨贾，从这里走向海洋；无数革命先烈，由这里深入内陆；无数豪杰精英，在这里群星闪耀。一批名流大师在骑楼留下痕迹，他们关心国家前途、民族命运，在教育、科技、医疗等方面长期服务民众，留下良好口碑，赢得后人的敬重。

鼓浪屿：万国建筑博物馆

《南京条约》要求中国开放广州、厦门、福州、宁波、上海五处为通商口岸，实行自由贸易。1902 年美、英、法等国家与清政府签订《鼓浪屿公地章程》，将鼓浪屿划为公共租界。1903 年 1 月，公共租界设立它的行政机关——工部局，鼓浪屿开始执行租界的管理。

鼓浪屿绝大部分别墅是华侨兴建的，几乎每一幢都为中西合璧的建筑，中华传统文化、东南亚异国文化以及欧美西方文化融为一体，别具一格。无论是中国传统建筑还是西方欧陆风格，在鼓浪屿都能找到，著名的有海天堂构、菽庄花园、李清泉别墅、殷宅、番婆楼、林语堂故居等。站在轮渡眺望鼓浪屿，浮出树冠的显眼物除了日光岩，就是八卦楼和金瓜楼。

八卦楼坐落在笔架山麓，红色圆顶有八道棱线像八卦。1907 年破土动工，历经 13 年才建成，主人林鹤寿为此变卖家产直至破产远走海外。1954 年政府拨款重修才让八卦楼重现光芒。因体积甚大，位置显眼，成为鼓浪屿的标志性建筑。

金瓜楼建于 1922 年，八条瓜棱澄黄泛金，神韵古朴。全部梁柱、檐楣、板角都饰有花卉、禽鸟、植物浮雕，既有乡土气息，又有洛可可的韵味。内部布局既有中式的厢房和公用的厅堂，又有欧式壁炉和宽廊，反映了广大华侨的乡土情结。

黄家花园由南楼、北楼、中楼三幢别墅组成，十分豪华，被誉为“中国第一别墅”。选址石勘山麓缓坡顶上的台地，有居高临下的气势，又形成幽静高洁、天人合一的自然环境，是鼓浪屿的风水宝地。

和华侨斗富竞起的洋房不同，各国驻鼓浪屿的领事馆纷纷占据重要风水宝地，一批政客外交家集中于此。英国、美国、法国、德国、日本、西班牙、荷兰、菲律宾、比利时、奥地利、丹麦、挪威、葡萄牙、瑞典 14 个国家在鼓浪屿设立领事馆，带来 14 种建筑风格。1944 年英国率先在鹿礁顶和今漳州路临崖建起两幢英式别墅，紧接着一幢幢洋人的领事馆、公馆、教堂、医院、学校及寓所建起来，由于许多设计图纸直接来自他们本国，欧陆风格的建筑就遍布这个小岛，其中最典型的有英国、美国、荷兰的领事馆和万国俱乐部等。

美国领事馆占地宽阔，视野宽广，是鼓浪屿上最早出现的领事馆之一，历经同治、光绪、宣统三朝及民国时期，1948 年闭馆。1870 年，德国人在鼓浪屿英国领事馆毗邻建馆，并在旗尾山建领事住宅。第一次世界大战后，德国战败，该领事馆撤销，领事也撤回。日本领事馆 1898 年建成，上野到任后，要求占领鼓浪屿三分之一的地皮作为“日本租界”，美国也跟着提出以余下的三分之二为其租界，英、德、法等国也纷纷加入瓜分之列，后因厦门各界强烈反对而未得逞。

因此，中世纪哥特式建筑成为鼓浪屿的主体风格，大多为建筑精品。他们借由世界一流的设计师，在小岛上展示各国的建筑文化精粹，鼓浪屿因此号称万国建筑博物馆。

半个世纪的建设，鼓浪屿愈发美丽而且名扬四海。依山傍海，洋楼掩映在花簇绿丛之中，幢幢小巧玲珑，神态各异，形式多样，风格独特，无不使人流连其中、徘徊忘返。

嘉庚建筑：一段段美丽动人的故事

嘉庚建筑记录陈嘉庚创办集美学村和厦门大学的艰辛历程，昭示陈嘉庚伟大崇高的人格风范，体现了中西文化的融合，具有独特的建筑形态和空间特征。建材大量运用闽南当地产的青石花岗岩和红砖，并发明了嘉庚瓦。为了与自然环境相协调，创新了外廊、连廊结构。在建筑外形上，嘉庚建筑将闽南屋顶特色与西式屋身巧妙糅合，形成闽南古民居“飞檐翘脊”屋顶和西洋“白墙石柱”屋身结构。人们形容陈嘉庚建筑是“身穿西装，头戴斗笠”，主体吸取了西洋建筑通风、透气的优点，屋顶是中国式的。

早期的集美学村，建筑的造型就体现了嘉庚先生的民族精神，各楼的名字取自我国古代经典，是对民族文化的注重，也是办学思想的寄托。三立楼群是励志的昭示；允恭楼群的名字是培养优秀人品的劝勉；尚忠楼群楼名是对读书的目的、态度、方法和意义的启示；养正楼群包蕴“葆真养正，有教无类，寓教于乐”的教育理念；南薰楼群的名字则寓意着嘉庚先生办学的动机和历程。作为中国20世纪的建筑遗产，当之无愧。

著名作家许钦文是这样描述集美学村的：“从厦门坐汽船过去，远远就可以望见，红红的一长条海岸上，整排竖着的洋楼是集美水产学校和集美商业学校的校舍；在高大的榕树下的是集美小学的延平楼。”

集美校景，是一首诗，一幅天然图画，一段段美丽动人的故事。

1921年4月，陈嘉庚借集美学校新落成的即温楼、明良楼为临时校舍创办厦门大学。4月6日，厦门大学在集美学校大礼堂举行开学典礼，陈嘉庚在演讲中强调：创办厦门大学目的有三：一研究学术，二培养人才，三指导社会。并请杜威到会演讲《大学之旨趣》。

5月9日，陈嘉庚亲率厦大师生前往厦门演武场为厦大首期校舍“群贤楼群”举行奠基仪式。开工后，陈嘉庚不避寒暑，每日都到演武场检查工程进度和质量。在厦门大学的创立过程中，从选址、规划、绘图到监督施工以至楼舍命名，嘉庚先生都倾注了巨大的心血。

继1922年建成群贤、同安、集美三座大楼之后，又建成映雪、囊萤两座大楼，和最早落成的三座大楼组成了一字形，是当时厦大的主体建筑。到了十周年校庆的时候，已先后建筑了校舍40多座，3000余间，全校师生员工教学、生活的需要基本上得到满足。

20世纪50年代，由陈嘉庚经手筹措经费、设计、监督建成的校舍就有24幢，其中有建南大礼堂、图书馆、成智楼、生物馆、成义楼、物理馆、南安楼、化学馆、南光楼、教工宿舍、国光楼、男生宿舍芙蓉一、芙蓉二、芙蓉三、女生宿舍丰庭一、丰庭二、丰庭三、医院、成伟楼，以及大型海水游泳池、大操场和室内运动场等。

访问过厦门大学的郭沫若曾动情地赞誉“厦大之美，全国之最”；著名建筑大师陈从周盛赞嘉庚建筑“在近代建筑史上有其不可磨灭的地位，今后要定为宝贵文物来保护”。

合理利用：对历史建筑的最好保护

20世纪80年代，福建省第一高楼南薰楼，成为最早列入国家重点保护的嘉庚建筑，自此拉开了厦门历史建筑全面保护的序幕。

从2000年开始，厦门市出台了一系列的历史风貌建筑保护条例和实施细则，启动了历史建筑普查工作，对各区的历史建筑保护名录进行认定和价值评估，划定保护紫线。与此同时，设立历史建筑保护委员会、历史建筑评审委员会等机构，为历史建筑保护和利用提供保障。

“积极、合理的利用是对历史建筑的最好保护。”基于这种认识，厦门市采取多样灵活的方式与手段，按照真实性、文化性、公共性三项原则，在保护建筑的基础上，充分发挥历史建筑的使用功能，让历史建筑“活”起来。

近年来，越来越多厦门历史建筑的各种功能被充分发掘出来，实现了跨越时空的“再生”与联结：有的继续按建筑原功能加以使用；有的结合建筑历史功能，挖掘文化向公众开放展示；有的结合建筑有利的空间与环境条件，作为公共活动或游览场所；有的结合建筑的自身特色，开辟成游客体验地方文化的旅游服务设施或社区公共空间。

“修旧如旧”，是维护修缮历史风貌建筑的最大原则。厦门市根据历史风貌建筑的历史、风格、艺术、研究价值等，分为重点保护和一般保护。列为重点保护的，在修缮时不能变动建筑原有的外貌、基本平面布局和有特色的室内装修；列为一般保护的，不得改动建筑原有的外貌。同时，城乡规划主管部门根据保护规划，做到“一幢一档，一栋一案”，建立日常保护工作必须掌握的数据库。聘请国内有资质、有经验的建筑设计单位，逐步完成保护实施方案，有针对性地保护好、利用好每一处历史风貌建筑。

市政府不仅结合实际提出明确的目标与任务，更是努力探索建立历史建筑保护利用的新路径、新模式、新机制。一分耕耘，一分收获：

2006 年，国务院核定并公布集美学村和厦门大学早期建筑为第六批全国重点文物保护单位；

2016 年 10 月，集美学村早期建筑被确认为首批中国 20 世纪建筑遗产；

2017 年 7 月，“鼓浪屿：国际历史社区”被列入世界遗产名录；

同年底，厦门市被列为全国第一批历史建筑保护利用 10 个试点城市之一；

目前，全市有鼓浪屿、中山路、集美学村 3 个历史文化街区，以及厦港片区、同安旧城 2 个历史风貌区。

下一步，厦门还将对祥店古民居、华侨新村、海沧新垵、霞阳闽南红砖民居、翔安吕塘古村落等片区，开展历史风貌区（历史地段）普查推荐工作。除了申报历史文化名城之外，正在持续开展历史风貌建筑的普查认定和保护。

建筑是城市的形象，厦门面向太平洋，厦门建筑必将是中国面向世界的一张亮丽名片。

（原载《福建文学》2020 年第 11 期）

迷人的水南尾

水南尾是个地名，从当地人嘴里说出来，却有几分惊悚，叫“血浓摸”。是不是很吓人？

还有更吓人的，水南尾是个迷宫，进去容易出来难。

我小时候做的第一票买卖，就是帮我妈卖鸭苗，一窝鸭苗交回家里 9 块钱，多余的归我。

我很来劲，拎着挤满小鸭子的竹笼紧跟邻居九养公，一阶一阶地爬山岭进城赶墟。

九养公的黑狗吐出舌头远远地紧随，这边闻闻那边嗅嗅，抬腿往树根撒尿，钻进灌木丛叼出一根鸡毛，兴奋地忙碌。九养公一路呵斥，它就是不回头，不远不近地追。九养公恼了，招手让它靠前，踢它一脚说：

“死狗，你晓得我们要去哪里吗？去水南尾，你会迷路的，会被人剥皮的。”

黑狗吓得一个趔趄，险些跌倒，呜咽着夹紧尾巴下山回家。

这是我第一次听说水南尾。什么神奇的地方，连狗都要迷路？

九养公看出我的疑惑，回头咂嘴说：“那条黄狗记得吗？敢咬野猪的那条，威威滚的狗，闯进水南尾，再也没出来。”

翻过松树成荫的岭上，穿越从前土匪出没的野胡垅，下了山，就是张李魏了。张李魏是张坊、李坊、魏坊三个村的简称，属于城郊，地势平坦、马路宽阔，很有康庄大道的派头。

路边的穿风亭可以歇息，亭内懒汉凳上，老太太守着木桶卖仙草。九养公问我要不要来一碗？鸭苗还在手上呢，哪有钱喝仙草？我说不要。过了邓光陂就是密密匝匝的房子，九养公扯我一把，警告说："这就是水南尾，有金子捡都别进去，出不来的。"

鸭苗在南门头卖了 11 块钱，回家的路上穿风亭喝一碗仙草花掉 2 毛，上交家里 9 块，净赚 1 块 8。尽管我妈抱怨不该把笼子送给买家，我还是觉得巨划算。

重大收获是我记住了，进城千万别闯水南尾，那是连狗都会迷路的凶险之地。

后来，我竟然在水南尾住了四年，可能五年，也许六年？记不得了！年轻的日子有诗有酒有远方，谁管一地鸡毛？

在水南尾，邻居不熟悉我，单车不熟悉路，脚印不熟悉鞋。住水南尾的日子里，最怕的就是迷路。

从县政府门口的广电楼下班，骑单车沿北大街往西，到青少年宫左拐就是莲西路。北大街是县城唯一的大街，是永恒的大街，它躺在大地上，雷打不动，雨刮不走，再重的大卡车它都能挺住，再多的脚踩它都不叫苦。

我经常下乡到深更，半夜在这条路上骑单车，没有车辆、没有行人，连路灯都高高束上电线杆顶，远远投射暧昧的光。单车可以使劲踩，能多快骑多快，午夜的凉风一阵又一阵迎面扑来，衬衣吹得鼓鼓的，仿佛整个县城都在身边起伏。

在这样阒静的路上骑单车，每时每刻都无比真切地感受到青春与激情。真的，我愿意就这样一直骑下去，骑一辆破单车，在心无挂碍的街上，唱完所有会唱的歌，想尽一切怀念的人与事，一直骑到老。

白天就不行，如果说深夜属于轻巧的灵魂，白天就归给沉重的肉身。到青少年宫左拐之前我会停顿一下，扭头瞧一眼青少年宫院子里的飞机还在不在？再抬头看烟草局的伟山在不在？

这是一架苏式的米格战斗机，空军捐赠用作国防教育，机舱狭小，我几次探头进去就想，飞行员坐里面转不过身，又孤单又危险，太不容易了。我当兵的时候最敬佩空军飞行员，自从摸了几遍这架飞机，就觉得飞行员远没有想象的那么威风。

老兵都这样，不管退伍多久都自以为跟部队有关联，每瞟一眼这架飞机，都感觉自己在关注建军大业。

伟山住在青少年宫对面烟草局的五楼，他回房间第一个动作就是把花盆摆向窗台，离开房间前搬下来。“人在花在。”伟山这么跟我说的时候，有一种地下党对暗号的神秘和正经。本来我跟他只是喝酒嬉闹的热乎朋友，被他的花盆一拨弄，我跟他的关系顿时提升为地下接头的同志。

所以，每次经过这里，我都忍不住抬头看他的窗台，心中涌出一股空洞的神圣感。

好了，瞟了一眼飞机，伟山的花盆也不在，可以左拐了。

往莲西路约两百米右边是我叔叔家，叔叔婶婶有点唠叨，老追问我哪久处女朋友？我有点怕见他们，两个堂兄弟也不常在家。但是我堂妹一般在家，我比较惦记她，很乐意进去坐坐。

“你哪是惦记我呀？是惦记我女同学吧！”你看看你看看，我堂妹这张嘴，就是这么不饶人，让我好没面子。

堂妹有一个教书的女同学我很上心，那时候没有微信、没有手机，连传呼都没有，离开堂妹这个“电灯泡”，照面都打不上，就别奢谈约会了。你说，我能不经常来叔叔家走动走动吗？

再往前就是木材厂和沈家大院，这里右拐，没有悬念也不用思考。继续往前，左边是一条水圳，这就麻烦了，有好几座小桥可以左拐，最容易混淆。

这些小桥长得都一样：水泥桥面、钢管扶手，同样的长度和宽度，同样是从墙缝中穿行。一旦拐错，后果十分严重，连问路的人都遇不到。

弄子中可以听到夫妻的打闹、孩童的啼笑、电视播音员的义正词严，就是见不着人。感觉这些房子都是后院朝路，那大门在哪呢？单车拐来拐去，一律是后院，这就奇了怪了。

好不容易逮住一个认识的人："请问我住在哪儿？"

那人笑道："好你个'路痴'，余莲招家右拐再左拐就到了。"

他说的余莲招是我房东，镇里的妇联主任，今天吓唬吵架夫妻不得离婚，明天给老光棍做媒撮合，在水南尾相当有声望。

到家之前会经过小丽家，小丽是我同事，节目主持人。听到谈笑声从门缝奔涌出来，就到小丽家了。

我刹住车，呐喊一声："小丽！"

门开了，灯光强硬地扑向我，小丽的影子厉声说："鬼叫什么呀？还不进来喝酒！"

我支好单车，进去跟她弟弟大碗喝酒大块吃肉……我嘴巴一抹起身告辞。

小丽眼睛很亮、牙很白，抬起食指背推一推眼镜，拍我一下说："得闲再来。"然后帮我开门，我便没入无边的夜幕。

我家就在小丽家背后，虽说在背后还得拐两个弯，不过不至于迷路了。应该说是我房东家，或者余莲招家比较准确，为了叙述方便，省几个字，还是说我家吧，大家明白就行。

因为只有上厅没有下厅，更没有大门，大家都是从侧门进出的。其实就是大厅左右各两间房，两层合计两厅八间，两个厨房另外搭盖，前面围起来种菜。

菜园在围墙内，与客厅连成一体。那些包菜和芥菜，芹菜和韭菜，南瓜和黄瓜，苦瓜和丝瓜，它们的根深入大地，四季更替，各从其类，生成自己无可挑剔的精美轮廓，并不停地向空中伸展。它们的叶子一律是绿色的，绿色是大地上最基本、最感人的自由，凝视这些绿色的菜叶，怒放的心思便一点一点平息下来。

当然，墙角、路旁、石隙还有无数的小草与野花。每一朵花都是不简单的，每一株草都是不平凡的。再小的花也有香气，把自己的花香勇敢地发布出来，像一个女孩自信地表白爱情。那些小草呢，它们没有香气，散发出来的是清郁的、浅浅的绿色气息，令人身心轻盈。

这真是一个令人惊奇的菜园子！究竟是怎样的力量和构想，让这个世界产生磅礴的群山、宽广的海洋、茂密的森林，还能细致地开出一朵朵小花、长出一株株小草？

这个院子原来住了三户人家。第一次进这幢房子是来我同学家，他们家是租户，搬走后空出四间。我填补了楼上两间，我同事黄强后来搬到楼下一间。我跟黄强是光棍，算两户吗？算，就住了四户；不算，就住了两户。

其实，老李才是真正的房东，余莲招是女房东。老李是卡车司机，很难见面。如果大路边停靠一辆加挂拖斗的那种超大卡车，就说明房东出差回来了。老李只要在家，就一定有客人，一定喝酒。见我扶单车进来，老李并不招呼，倒满一碗酒努努嘴，就晓得是我的，仰脖子干了才能上楼。

醉没醉我都牢记一条：贴紧墙走，上楼的水泥阶梯没有栏杆，摔下去至少是个脑震荡。

但家里的小孩似乎不怕摔，摔下去也不会脑震荡，撇嘴皱眉爆哭几声就好了。四个小孩轰的一声蹿上楼，又哗的一声冲到门外。他们欢笑撕扯上窜上跳，有无限的精力和乐趣。他们能够蹲地上老半天不动一下，或者从巷子这头跑到那头，再从那头跑到这头。他们捡到好东西都要向我炫耀，比如像手枪的石头、漂亮的空盒子、来历不明的机器零件。每个人的小手都脏兮兮的，只有指甲盖洁白透明，每个指甲缝都藏污纳垢，形成黑黑的圆弧。

房东的儿子伟伟最大，女儿婷婷第二。还有两个孩子是另一家租户的，应该是广东人，修摩托车的。头发卷曲、满面春风，见到我总是热情地寒暄，老李回来就一起喝酒。他们家在走廊上做饭，有什么好吃的一眼看到锅底。两个孩子也是一男一女，名字都忘了，只记得比伟伟、婷婷小。

如果四个小屁孩结伴做坏事，伟伟一定是当头的。比如，这四个有时尖叫着挤进我房间，横七竖八地在地上打滚翻腾，伟伟会抽出一根烟，像大人那样夹在耳朵上，被他妈妈逮住，免不了又是一顿臭骂。

印象中伟伟的外婆从来不打他。应该是外婆吧，也许是奶奶？记不真切了。记得真切的是她对我和黄强非常和气，可以说和蔼可亲。满脸皱纹，笑起来像盛开的菊花，带着秋天的诚实与丰厚。我叫她阿婆，她却叫我“老大人”。

“老大人”这个称呼是怎么来的？我至今都没有搞透彻，成为一宗悬案。那四个小屁孩学舌叫老大人，余莲招也这么叫，老李也这么叫，摩托修车师傅夫妻也这么叫，我都胡乱应了。

好吧，老大人就老大人。那时候通信靠人传人，有人找上门来，如果我不在，阿婆就会告诉来访者：“老大人不在。”

这下轮到我朋友蒙圈了，凭什么让一个阿婆叫你老大人？这真是一团捋不清的乱麻。

我本来就轻狂无状，加上记者的职业，就更加来无影去无踪了。晚上回来假如阿婆还没睡，她一定会提醒一句：“老大人，锅里有热水，不要洗冷水。”早上睡迟了，阿婆会说：“老大人，还有粥，喝一碗再去上班。”还有一次，几个人骑边三轮找我打架，我其实在单位加班，阿婆却对他们说：“老大人出差了，不在家。”第二天，阿婆拦住我说：“那帮人好恶哟，你细胳膊细腿，打不赢的。”

有一天回来早了，天刚擦黑，喧天的锣鼓振奋地传来。阿婆告诉我：“戏台那边打醮，去，看看热闹，黄强都去了。”

既然黄强都去了，我也去瞧瞧，跟他整两瓶啤酒看社戏，不也很惬意？于是我调转车头，朝敲锣打鼓的方向寻觅。转来转去，转去转来，可听到人声鼎沸，甚至看到那一片天空的亮堂，就是寻不着戏台。我想了又想，试了又试，摸不着头脑，灰溜溜回家。

阿婆很稀奇：“怎么回来了？”

听我说找不到戏台，正在切菜的阿婆提起菜刀就冲到门口给我指路，左拐右拐直走等等。最后加一句：“就在那块吵死人的地，伟伟他们找得到，你怎么就找不到呢？”

那几个小屁孩都找到了，我暗下决心，一定要找到。可硬是找不到，闲人都瞧热闹去了，连个问路的都没有。

我又回家了，担心阿婆提菜刀出来，就在门口等了一会。听到“喳”的巨响，是菜下锅的声音，估计老人家在挥铲炒菜，悄悄溜进去，支好车上楼。

怕丢脸，我不敢开灯，点一支烟狠狠地抽，很不服气：怎么会找不到呢？水南尾又不是诸葛亮设计的八卦阵，有那么复杂吗？

这时听到楼下的开门声，黄强回来了。

我放胆出来走廊，探头问他：“你怎么也回来啦？”

黄强不避讳，回应道：“找不到。”

阿婆这时抬菜出现在客厅，见我们俩楼上楼下的应答，站稳了问：“你们怎么都回来了？”

我抢先回答：“我们要讨论明天的工作。”

阿婆狐疑地“噢”一声，没再说什么。

既然我都说要谈工作，黄强只好上来吹牛。

为了防止走丢（走到丢人现眼），我们都不敢出门散步。共同的爱好就是抽烟吹牛，黄强在厦门大学物理系读的是固体发光专业，懂很多自然科学，我们可以从宇宙大爆炸一直聊到先有蛋还是先有鸡，任何一个话题都能引起激烈的讨论。如今的我，做十分钟的发言都得搜肠刮肚，实在想不明白，年轻时候的怎么能通宵达旦地胡吹？

节省打火机起见，我的烟抽到海绵头了给黄强点，黄强抽到海绵头了再给我点，如此循环反复，我们打一次火就能抽完两包烟。两包烟见底，阿婆养的小公鸡哆哆嗦嗦地打鸣，天就亮了。

我对房东唯一的抱怨，就是小公鸡没有阉干净。本来公鸡要打三次鸣，但它只打一次，并且略带惊恐，欲言又止，似乎主人不让它打，它忍不住要打。好比主席台上的领导打哈欠，尽量简短，尽量掩饰，尽量偷工减料不露声色。鸡窝就在我睡觉那间的窗户底下，黄强虽然住一楼，跟鸡窝隔了一间房，我离鸡窝近得多。所以，这只古怪的公鸡经常吵醒我，黄强却不受干扰。没有阉干净是黄强研判后的结论，你瞧，黄强连这个都懂，是不是很有学问？

我建议阿婆再阉一次，还撒谎说这事黄强干得了。人家名牌大学生，割牛卵阉猪都没问题，何况阉鸡？阿婆认真地翻撕纸挂历，掐指数算，然后说：“还有 48 天就杀了，让它再活 48 天。”我搞不懂 48 天之后为什么是杀鸡的日子，没多问，准备出门。

骑单车上班第一个弯绝不能拐错，拐错了就冷暖两重天。左拐，就是回家那条路，一旦错成右拐，那就进了水南路。

水南尾是个片区，中心是水南路。房子普遍比较旧，随意地横竖盖，显得毫无规则，线条零乱，路面粗糙。可是，正因为旧才显得天地融合、协调静谧，一砖一瓦，一门一窗，在时间的河流中被细细地涤荡、徐徐地打磨，与周遭万物就不会产生冲突了。

也有新起的楼房，像一个新闻事件引人侧目，跟整个世界并排立在一起。新房以闪亮的瓷砖展陈在路边，每次经过都目睹它鲜艳地站在那儿，对世界既无等待，也不拒绝。时间从它身上冲洗，它便缓缓变旧。于是，新房与旧房就这样慢慢地，试探着相互进入，逐渐融为一体。

我们住在溪南巷，这条巷子没有店面，貌似也没有大门，唯有墙。残存的墙、光鲜的墙；贴瓷砖的墙、刷涂料的墙；高不可攀的墙。

印象最深的是一堵残墙，忽高忽低的，歪歪斜斜的，弱不禁风的样子，浑圆粗短的麻雀成群地落在墙上，上蹿下跃，一跳一跳地走。有时候会不小心一头撞到你身边，乜你一眼，跳远一点自个儿继续玩。反正就是不理你，也不躲开，像是对什么都惊奇不已，又像是对什么都满不在乎。你要表现出充分的稳重与镇静，动作稍微夸张，麻雀就不乐意了，呼啦啦地群体起飞，一下子就没影儿。

还有一扇老墙破败不堪，木门被风雨蚀成黑色，木纹骨立。门上横串一把大铁锁，门内静寂无声，门缝宽敞得可以伸进拳头，勾引你窥探。我禁不住诱惑，坐在单车上左脚踩踏板，斜过身来右脚踩门槛，伸长脖子张望。

很失望，里面既不是黑社会的贼窝，也不是地下兵工厂，只是堆满了稻草。稻草虽然有黄金的颜色，却是最平常的植物。这有什么看头？正要收回目光，稻草堆倏地蹿出一只猫，吓了我一跳；吓第二跳是这只白猫掀开了稻草，露出漆黑的棺材。虽说撞见棺材会升官发财，我还是觉得不吉利，忙朝门槛呸了一口。这一啐得罪了白猫，它闪电般钻出门缝，吓得我猛踩单车，夺路而逃。

墙体之间有歧路，别管，一直往前冲就是水南路。

水南路可热闹了，因为是有铺面的街巷。空气中有豆腐的味道，一阵风过是米酒的气息，店旗招牌挤挤挨挨，吆喝声此起彼伏，两边的屋檐翘角互相刺探对方。这一段的车是骑不快的，两条腿得踩地上，一点一点往前挪。一会儿是挑担的菜农挡住去路，一会儿是摩托车呼啸着横过来，遇到拄拐杖的老太太，你一点脾气都没有，就一个字：等。

等你闻到鸭屎味，鸭卵行就近了。连城人把鸭苗叫鸭卵，鸭卵行就是专门卖鸭苗的市场。硕大的竹编栏圈，里面是一片一片黄绒绒的小鸭子，没法数多少只，估算都困难，只能数有多少栏。听不到某只鸭子嘎嘎的叫声，而是一片哔哔声。好比你听到水流的声音，却不知道是哪一滴水发出的。

有一次栏圈坏了，鸭苗水一样漫开，流到四处。老板手忙脚乱张开双臂驱赶，可是手臂怎么赶得了水呢？只能眼睁睁目送它们四散开来，钻进各种缝隙中。我怕轮子辗到它们，只好扛起单车，鞋子紧擦地面往前挪。

如果你以为豆腐店里有什么豆腐西施，那就大错特错了，那只是个干瘦的老头。店里热气腾腾，靠近了有刺鼻的石膏味，压榨出来的滴水淅沥地淌下。奇怪的是老头竟然戴眼镜，雾气太大，镜片受蒙，他得不时摘下来，撩起白色围裙的一角擦拭。每次见到他，我都忍不住琢磨：他算知识分子吗？做豆腐算体力劳动还是脑力劳动？

还有一个年轻人戴眼镜，他是纸扎店的老板。纸扎店卖的是冥屋，当然还有配套的摇钱树、纸人、纸钱，也有纸糊的轿车、大哥大之类。花圈也有，稀稀的几个靠墙摆一溜。

纸扎店本来就吓人，这个年轻的老板我从未见他站起来过，更没有走出店门，似乎永远斜躺在竹椅上，头发蓬松炸起，穿绿衣服，脸色跟手臂一样苍白。若不是双手捧一本琼瑶的小说，还真怀疑他是个死人。我是不读琼瑶小说的，总会联想这家纸扎店，想到阴阳两隔。

这些都跟我没关系，跟我有关系的是单车修理店，在水南路与庙前街的交界处。

我天天骑单车，免不了要打一点气、紧一下手刹、调一调坐垫什么的。老板主要业务是补胎，撬开外胎，掏出内胎，充气，一段一段塞进装水的脸盆里，看看哪个位置冒气泡。大多数情况下，老板都背对行人，蹲地上撅起屁股双手摁内胎。浅裆裤露出三角形的皮肉，还算白皙；皮带被痛苦地扯成翻转，看上去危在旦夕；一大串钥匙拖在地上，很有家底很有财富的样子。我的单车车况好得紧，不想理他，用力一踩就晃过他店面了。

为什么不想理他？如果闲着，他一定来一句：“岩头蛮，犁石壁！”或者：“岩头蛮，吃沙子！”

这是有典故的，我老家罗坊那条河叫青岩河，所以罗坊也叫岩头。传说有个外乡人来岩头问路，村口遇到扛犁牵牛的大伯，就套近乎：“大伯，去犁田吗？”大伯没好气地说：“不犁田，难道犁石壁吗？”这个外乡人被呛回来，进村子问端碗门口吃饭的大嫂，又套近乎：“大嫂，吃饭呀！”大嫂凶巴巴地用筷子敲碗说：“我不吃饭，难道吃沙子吗？”

岩头人喜欢有话直说，厌恨假模假式的套近乎，空耗工夫。可是这个典故传进城里，就成了岩头人野蛮，不但犁石壁，还吃沙子，“岩头蛮”就这样叫开了。我父亲提起这件事很气愤，他说：“我们是汀州府的人，不跟勒瓜锤计较。”

罗坊、宣和、四堡三个乡以前属于长汀县，后来才划归连城县。长汀县城即是汀州府衙所在地，汀州府自然高连城县一个级别，我父亲一辈都不屑承认自己是连城人，自称是汀州府的。我小时候还跟长辈去长汀童坊赶墟，他们用流利的长汀话买进卖出，如牛得草如鱼得水，自豪又自在。我们讲连城话真是别扭，抠抠索索，结结巴巴，永远分不清“怎样”和“烫发”两个词的发音，就更别说“县长”和“院长”的发音有什么不同了。

岩头蛮讲不好连城话，就自卑，就起劲编排勒瓜锤的故事。勒瓜锤的故事都发生在水南尾到南门头这一带，因为顺山路，岩头人翻山越岭进城赶墟，直接就到从水南尾、西大路的片区。

勒瓜学名黄瓜，这个片区盛产。这东西很有意思：叫黄瓜，其实是绿色，名不副实；表面有刺，打人却不痛，只会折断，外强中干；能当菜炒，也能当水果吃，雅俗共赏。至于这个“锤”嘛，类似四川人说“锤子”。四川人的“锤子”是什么意思，这个锤字就是什么意思。解释完“勒瓜锤”，该讲故事了。

说是一个岩头蛮结交了一个勒瓜锤，称兄道弟。岩头蛮每次进城，都给勒瓜锤送米酒、槟榔芋和御豆，勒瓜锤每次都炒一盘勒瓜招待兄弟。岩头蛮就问了：“兄弟这么爱吃勒瓜？”勒瓜锤说：“勒瓜就是我的命！”这天，勒瓜锤去岩头做客，岩头蛮也炒了一盘勒瓜，觉得菜少了，又加了一盘鲤鱼焖豆腐。不想，勒瓜锤却把鱼吃光了，勒瓜一筷不动。岩头蛮纳闷了：“咦，不是说勒瓜是你的命吗？”勒瓜锤筷子一拍：“看到鱼，我连命都不要了。”

因此，岩头蛮跟水南尾或南门头的人吵架，逼急了动手前会问：“勒瓜锤，你要鱼还是要命？”这是一种羞辱，勒瓜锤反唇相讥：“岩头蛮，别以为你犁石壁、吃沙子，老子就吓你。”

看见了吧？我们罗坊人与水南尾人的友谊和冲突，那是有典故的。别说外地人，北门、东门的连城人都听不懂他们在吵什么，更无法劝架了。

不过，这个修单车的叫我岩头蛮没有恶意，我也没有屈辱感，只是刺耳不受用。逮住机会，我也会修理他。

老板也不生气，反而嘻嘻笑，站起来拎直裤头，神秘地说：“有新书喽，要吗？”

然后揭开一个军用挎包，抖出几本刊物的创刊号，漫天要价。这些东西他是从废品收购站淘来的，半捡半买，到我面前就成文物了，拿准我有收藏癖，要的是古董价。我开始砍价，一刀一刀狠狠地砍，砍回废品的原形。老板不乐意了，双手猛地捞起创刊号，塞回挎包说：“不要拉倒，我卖给马卡丹。”整个县城，就我和马卡丹收藏这玩意，所以他每次抬出马卡丹来要价。我抽出几本自己相中的，随意扔到黑不溜秋、油腻腻的案板上，骗他说：“我刚去马卡丹家，这几本他都有了。”

老板疑惑地打量我，我一句话就足以击溃他：“岩头蛮哪有勒瓜锤滑头？走了。”我走出店门，踢开单车支架，装出要办大事的样子。

他一定中招，把创刊号装进塑料袋追出来，挂在我车把上，擦擦脏手伸过来说：“行了行了，贱卖。”

我随意丢个 10 块钱，吹着口哨扬长而去。

别急，别得意忘形，到巷口千万得左拐，右拐是庙前路，一旦误入是很难回头的，可能会骑到县医院的太平间。

左拐是明光巷，穿过南门头，右边是文川桥，左边中山路那一头就是单位了。这是县城的中心，是人气最旺的场所。在这个位置，想迷路都不容易，因为不时会碰到熟人，这个人拍你一下，那个人喊你一声。如果运气好，被同事拉到大桥上吃一碗扁食，也是可能的。

如此说来，走这条路还不错，虽说险象环生，倒也妙趣横生。但有两个前提：一是没有遇到墟天，二是不赶采访任务。

遇到墟天，这条路是不能走的，单车根本骑不了，扶着走都碍手碍脚。

九点来钟，四里八乡的赶墟人就一拨一拨进水南路了。他们挑着担子或牵着孩子，粗声大气地一边走一边说话。

到了临时摆设的时装铺面，都站住了，女人摸摸衣服叫老公，孩子试试鞋子唤父母，啧啧地夸奖时装的款式和面料。学生想换新书包；女孩想一双花袜子；男人的布鞋露脚趾了，必须捎一双结实的；女人想着家里的肥皂已小到泥鳅似的抓不住，赶紧买一块，最好买一联，整联的买更划算。卖时装的大嫂胸前挂一个收钱的黑包，堆起满脸的笑，抖擞精神，用最地道的勒瓜腔招呼乡下人。

这时的单车完全是累赘，不是前轮卡在挑担人的箩筐间，就是后轮压到路人的脚盘招来一顿骂，巴不得折叠起来拎手上。

水南路本来就窄，现在更是地摊的海洋，有数不清的杂货：地瓜干、豆腐乳、萝卜条、野鸭子、河虾米、小剪刀、耳挖勺、烟嘴、锥子，还有菜摊、肉案、鱼贩，还有卖鞭炮香烛、脂粉花朵、头梳篦子、陶瓷器皿、水缸酒坛、木桶饭甑、笊篱竹篓，应有尽有，让你体味人世的温热与艰辛。这时候，想走不行，前后左右都是人，顶死了；后退也不行，别人推着你走；掉头更不行，就算你把单车举过头顶也转不过弯。

喊话就更无效了，哭爹叫娘的、做把戏的、叫卖的，哪个人的嗓门都比你大，加你一嗓子，就像一盆水泼进暴雨中，可有可无。气人的是，我今天要下乡采访，领导昨天就下达指示，无法装作不知情。

我就这么烦恼着、哀叹着，以蜗牛的拼命与速度抵达单位时，已是接近中午下班时间。采访车停在门口，领导站在台阶上俯瞰，我不敢上去，扶稳单车立正站好，接受狂风般迎面而来的严厉指责。领导从记者的天职和做人的底线说起，一直说到我喜烟好酒爱吹牛的恶习和不愿意花钱换新单车的吝啬。

领导说累了掏出香烟，抖一根出来，拇指甲上顿几下，点着了猛吸一口，觉得不解气，又加一句："看看你的破单车，啊，谁家的姑娘愿意坐后面？"

这句离题万里的话把围观的人逗乐了。善于察言观色的司机锁了单车，把我推上采访车，算是解了围。

迟到事件最直接的后果是领导不许我继续住水南尾，让我搬到单位三层的小阁楼。"让这个'路痴'住在水南尾，迟早要出事。"这是领导经过反复思考得出的判断。

小阁楼西照，楼下是本单位和总工会的公共厕所，臭不可闻。打开窗户就是灯光球场，早晚喧嚣着。唯一的好处是再也不会耽误采访了，领导在走廊一吼就行。

其实，水南尾住久就熟悉了，邻居熟悉我，单车熟悉路，脚印熟悉鞋。

若天气晴朗，巷子里会踱过来一个背剪双手的老人，四处转悠，不仅观察墙体水渍的纹路，也瞅一眼墙角野草的长势。他是最不好打交道的老人，在我即将搬离水南尾的时光，连他都认识我了，见到我会拖长嗓音深切地叫："小——吴——"

我在水南尾的那些年过得粗略恍惚，以季节和天气的转换来估摸流逝的时光，而无法精细到以早出晚归来计算日子。我睡的是行军床，又窄又小；盖的是军用被，又旧又薄。水杯、水壶也是军用的，还有军装和解放鞋。人已经退伍几年了，念想和习性仍然停留在军营。

冬天的水南尾冷风飕飕，哪一种墙都挡不住风的犀利与尖锐，风会拐弯、会钻空子，而墙只会傻傻地站在原地，任由风的哂谑与抽打。风是无家可归的浪荡游子，沿路尖啸怪叫；墙是有家庭老小的男人，再大的苦难也要承受坚守。

我裹紧军大衣趴在稿纸上写呀写，我的文学无穷无尽，我的作品无声无息。上床加盖军大衣后，我沉浸在深度睡眠中，睡到自然醒。偶尔的寒意会令我完全清醒，但要想很久才会清楚自己身在何处。被窝之外是房子，房子之外是水南尾，水南尾之外呢，黑暗无边，寒气无边，我的迷茫无边。

此时此刻，我就是水南尾，水南尾就是我。像一滴雨扑入水中，像一口气呼出空中。

这个干冷的冬天，要把我从水南尾剔出来，把一滴雨从水中舀出来，把一口气从空中捞出来，剥离到另一个地方。

这让我自卑，让我认定自己是个路痴，时至今日也不敢考驾照开车。

事情总算有了转机，那天跟水南尾土著沈剑吃饭，这个水南尾土生土长的成功帅哥，竟然也说经常在家门口迷路。

“真是迷人的水南尾呀！”

我这么一说，两人都哈哈大笑。这一刻，我克服了长久的自卑感。

但是，水南尾已经左右了我几十年的人生，对它的亲切与敬畏，都融入我的血液，成为命的一段。

（选自《四角井记忆》，上海文艺出版社，2022 年 9 月）

他就是诗人鲁藜

近了，近了，故乡近在眼前。

问故乡，问故乡别来可否无恙？

可是诗人的眼前一片模糊，他什么也看不见，纵横的老泪蒙住了双眼。

52 年，超过半个世纪啊，52 年前离开故乡还是迎风而立的热血青年，如今呢？诗人已经整整 70 岁，身形不再挺拔，腰弯背驼，头发斑白稀疏，步履蹒跚，需要扶住村口的大榕树，才不至于跌倒。

这棵大榕树长在自家的西南侧，树高冠阔，虬髯飘拂，长长的分枝深深地扎进土里，弯成一座榕根“拱桥”，成为一道别样的风景。诗人不知道它几岁了，只知道村民都叫它“东角榕”。流落异国他乡后听父亲说，这个叫许厝的故乡，是他的出生地。

父亲说有一座叫“小盈岭”的山岭，上接三魁山，下连鸿渐山，山脉延绵到天边，神仙都走不到头。鸿渐山脉的左侧有一座香山，北侧的山脚下有一座小小的村落，那就是许厝村。

许氏先辈在这贫瘠的土地上繁衍生息，按族谱辈分排列，到了父亲这一辈已是第十九代，是“派”字辈，父亲名叫许派缠，是个寡言人。

宣统皇帝下台的那一年，恐慌中的许派缠又添加了一对双胞胎儿子。命运弄人呐，许派缠横下心，送出去小的，留下大的，还给他取了个“涂地”的名字，意思是依靠耕种农田养活。虽然母亲生了十一胎，但许涂地只有两个哥哥、一个姐姐。兵荒马乱的，孩子养不活呀。

许涂地 3 岁那年，张勋留辫子，废帝又登基，局势更乱了，兵匪不分，盗贼蜂起，哪有穷人的活路？为了躲天灾避人祸，许派缠变卖耕牛和口粮，连一块山地也转了，勉强凑上 20 块银圆，买到一张许厝人叫“大字”的出国证书，带着一家人搭乘木篷船，从沙坡尾厦门港起程，漂洋过海来到越南湄公河畔，落脚在堤岸市边沿一个贫民窟。这个叫“二十九间”的地方，后来叫胡志明市五区。

父亲不识字，做不了体面的事，终日在一家小作坊干粗活。当杂工的母亲更累，没日没夜地操劳，腰杆没有直过，肩膀没有闲过。这个可怜的女人裤管永远是湿的，眼睛因睡眠不足肿得像两个烂柿子。她常常累得在炉灶下打盹，东家就往她的脑门上泼冷水，将她激醒。

尽管夫妇俩累得后脚踩前脚，尽管全家饥一顿饱一顿，许派缠以一个庄稼人的质朴，认定这个小儿子是块读书的料，再苦再难，也要供他上学。

于是，年幼的许涂地进了当地一所华侨小学，老师觉得“涂地”两个字太土，便谐音取了个学名“许徒弟”，要收他为徒的意思。

许徒弟着了魔似的用功读书，每科成绩都拿 5 分，给许派缠争了脸，也给二十九间的华侨争了脸。

然而好景不长，许徒弟上高小第一年，母亲又生了个妹妹，多了一张吃饭的嘴，家境更加困窘。父亲为了多赚一点小钱，去码头扛大包。12 岁的许徒弟辍学了，先到一家面条铺当学徒，学会做面；面条铺关门，他就在华侨聚居的二十九间沿街叫卖；叫卖不来钱，只好混进码头，给父亲当帮手。可是人小体弱的许徒弟实在扛不动大包，绝望中沿着湄公河漂泊。

湄公河默默地流淌，一个羸弱的身影悄悄地沿岸行走，那个苦难的少年流浪汉就是许徒弟。许徒弟常常坐在岸边，注视河水急速地往前，不知道苦日子何时是个尽头。

冬天是百业的淡季，家里断粮是常有的事，母亲虽然要奶女儿，还是自己空着肚子，将最后的食物留给丈夫和孩子们。许徒弟的心揪得更紧了，为了让母亲不挨饿，自己到河边转悠，捡一点能入嘴的东西，植物的叶子和根茎，就是他的佳肴。即使找不到食物，许徒弟也故意拖到深夜才回家。可是，不论夜有多深，母亲都坐在家里等他，眼里饱含泪水。

给许徒弟黑暗的生活带来一丝亮光的，是一位叫陈天助的邻居。陈天助叔叔来自台湾，住在一间终年不见阳光的小屋里，他行走江湖，靠拔牙镶牙赚钱度日。重要的是，这个牙医识文断字，能用闽南话吟诵唐诗宋词。

闽南话保留了中原普通话的基本特征，尤其是唐诗，用闽南话朗读平仄是最对味的。这对失学的许徒弟来说，吸引力太大了。在陈天助的指导下，许徒弟阅读了大量古诗文，为少年的想象插上飞翔的翅膀。许徒弟想，有那么一天，我也能写诗，那该多好呀？我一定要写出人间的悲与喜、苦与乐，写出自己的盼望与期待。

少年许徒弟的内心有太多的苦闷与烦恼，他用最朴素的语言，将诗与歌写在地上，写在墙上，写在纸上，写在凝视的天空上。一个流落天涯的诗人种子，在湄公河畔的土壤中发芽、生根，以破土的身姿迎迓东方辉煌的日出。

直到18岁，许徒弟出落成一个风度翩翩的青年。这个青年带着梦想，满怀激情，以超越的目光打量翻天覆地的世界。国内传来的消息，每一条都让青年许徒弟震惊：中华苏维埃共和国成立，日军向辽西发动总攻，十九路军浴血闸北，溥仪开始满洲国傀儡生涯……许徒弟多想踏进祖国的土地，成就一番文学事业。

许徒弟做梦也想不到，会以这种独特的方式回国。

这一年，父亲许派缠身患重病，魂归故土成了他最后的夙愿。许徒弟决心帮父亲了却心愿，护送生命垂危的病人回到故乡。

父子同心，就没有克服不了的困难。许徒弟托人帮忙，把父亲藏在堆放煤块的货船舱底，自己装扮成船上的伙夫，逃过了关检，逃过了人头税，成功偷渡。

当许徒弟背着父亲走进香山脚下的许厝，兵连祸结的故乡已经是怎样的满目疮痍？到处残垣断壁，村民衣衫褴褛，农田抛荒长稗，连瘦骨如柴的狗，见了陌生人都只呲一下牙，没有力气叫唤。此时此刻，青年许徒弟才真正理解“穷乡僻壤”这个词的含义。

3岁离家的青年脑筋转不过弯来，难道这就是自己魂牵梦萦的故乡？如此破败，如此凋敝，看呐，在那荒草丛中，竟然有狐狸出没。再看祖屋老家，更是不堪入目：虽说面阔三间不算小，进深一间，块石构砌墙裙，土坯砖墙，卷棚脊，硬山顶。可是厝前野草萋萋，房后的庭院改建成的小护厝已多处坍塌。

还好，淳朴的乡亲见流落他乡的父子归来，操上锄头劈刀就来帮忙，总算把病重的许派缠安顿下来。

不久，许派缠就走完该走的路，吃完该吃的苦，告别了人世。许派缠的亲属都在湄公河畔，灵前只有一个对家乡陌生无知的儿子，后事怎么办？正好，在集美乡师当指导员的许有韬老师回到许厝的家，见这个丧父的英俊青年彷徨无措，便带头张罗出殡的事。乡亲们有的送米，有的送钱，让许徒弟有了依靠。

收殓时，许徒弟买不起棺木，左邻右舍又凑了一点钱，买了四块松木板，装钉成棺。两个土工抬着薄薄的棺柩，许徒弟哭在其后，乡亲们一起送上山头。没钱买石灰，土工只好用常见的赤土堆了一座矮坟。于是，秃岭上便多了一抔黄土，一个逃难出海、重病归来的老华侨被埋在里面，落叶总算归了根。

目睹父亲如此悲惨的结局，许徒弟的心底深深扎下愤懑的种子：这个世道溃败了，得变。如今，父亲躺在里边，母亲远在天边，祖国处在悬崖边，放眼海峡两岸，哪里是我的家呢？身为中华儿女，在民族危亡的时刻不挺身而出，有何脸面在家乡吃闲饭？

苦闷的许徒弟徘徊在榕树下，有时仰天长叹，有时埋头短吁。许有韬老师看在眼里，明白一个热血青年的无助。不能改变出身的许徒弟，发誓要靠知识改变命运。关键时刻，许有韬给许徒弟指明了一条道路：去集美乡师读书。陈嘉庚创办的集美试验乡村师范学校，不要学费，还包膳宿，只是考试严格，最适合许徒弟这种会读书的贫穷青年。

果然，许徒弟凭借自己的努力考入集美乡师，并在厦门的《江声报》发表了诗歌处女作《母亲》。许徒弟以高挑的身姿、清澈的眼神、温和的面容、激情的文字，很快就成为同学中的明星。

接着，许徒弟从厦门来到上海，在陶行知创办的“山海工学团”担任夜校辅导员。诗歌《我们的进行曲》发表在《读书生活》时，出于对鲁迅的崇敬，许徒弟给自己取了一个笔名：鲁藜。在纪念普希金逝世一百周年的集会上，鲁藜巧遇邹韬奋，邹韬奋高兴地握着他的手，向周围的朋友介绍说：“他就是诗人鲁藜啊！”

从此，许厝村的许徒弟消失了，文坛出现一个青年诗人鲁藜。

从此，鲁藜投身滚滚的革命洪流，成为一名革命战士、一名战地记者，成为“七月诗派”的代表诗人之一，呼应“以血泪为文章，为正义而呐喊”的时代要求。他有一颗永恒炽热的心灵，性情温和如水，内心燃烧似油。他的诗歌格调清新明丽，有着现实主义和象征主义交融的韵味，自成一家。不但得到朱自清、闻一多、胡风等名家的称赞，也得到文学史家王瑶的推崇，赢得社会各界读者的广泛欢迎。“风风雨雨、坎坎坷坷，经漫长岁月冶炼，你属于纯金。”艾青这样评价鲁藜。

鲁藜自称“忧患的宠儿”，不料一语成谶。

为诗而活的鲁藜，为诗而战的鲁藜，在坚硬的现实面前碰得头破血流，他的人生没有丝毫诗情画意，有的只是坎坷不断，波折不停，不管是感情，还是创作，都是磕磕绊绊、跌跌撞撞、起起落落。他的名字和一个灾难性的名字“胡风”紧密联系在一起，他的火热年华跟一个国家动荡浩劫的年代高度重叠，他的命运怎么能好呢？

由于经历了26年的非人折磨，鲁藜身体瘦弱，额纹深陷，风华正茂的青年诗人成了瘦骨如柴的老人，穷得只剩下一双筷子、一只碗、一个黑乎乎的锅、一张小行军床。让人难以置信的是，鲁藜的眼里仍然闪烁着热情的光芒，眉宇间照样堆满童真的笑容。这是一张诗人的脸啊，他的脸就是一首史诗，有艰辛的内涵，有明快的表征。

真的，鲁藜的一生就是一首悲壮的诗，只是在他痛苦的深渊里“浮出彩霞的光彩”。

诗人珍惜“命运留给我的一片晚霞”，以衰弱的身躯和刚强的内心不倦地歌唱，像一只苍老喑哑的公鸡，绝不停止打鸣。他要与死神赛跑，抓住诗神的尾巴，在生命闭合之前把损失的时间夺回来。于是，诗人发出了最欢愉的声音：“我只要一滴水 / 我就可以尽情歌唱 / 唱得天地间 / 只有阳光、花朵与诗歌。”

他顶住了年老多病的困扰，顶住了激情与灵感的濒临枯竭，彻夜写作，滚烫的诗页如夜幕降临的倦鸟，匆匆飞向可以栖息的枝丫。短短五年，他就在《诗刊》《人民文学》等刊物发表 100 多首诗作，其中一部分结集为《鹅毛集》《天青集》出版。

这是怎样的晚年呀，鲁藜巴不得把轻盈的身体摆上诗歌的祭坛，掏出尚能跳动的心对天起誓：诗神啊，我爱你，胜过爱自己。“诗人老去诗情在”，于是鲁藜晚年的诗，进入到弥漫着哲理思考的内省天地。

这么一个历尽苦难痴情不改的赤子诗人，当时隔 52 年再次重返故乡，内心会是怎样的凄凄惨惨，还是波澜壮阔？

1984 年 4 月，火红的凤凰花在鹭岛盛开的时候，鲁藜偕夫人刘颖西回来厦门大学参加“台湾文学研讨会”。诗人欣喜地看到：故乡的诗歌活动犹如滚滚海潮，后浪推前浪，一浪高过一浪；青年的诗人们宛若郁郁相思树，一茬高过一茬。厦门每年都举办“鹭岛诗会”，恰似凤凰花开，一岁一繁荣。

一个星光璀璨的夜晚，市工人文化宫的大厅灯火辉煌，热闹非凡，第三届“鹭岛诗会”拉开帷幕。那是一个诗的时代，诗的激情，诗的表达，诗的远方。这一届诗会，因老诗人的归来显得异常鼎沸，诗歌爱好者欢聚一堂，以凤凰花的绚烂心情、相思林的蔚然阵容、鹭江潮般经久不息的掌声，热烈欢迎久经劫难而诗心如磐的新诗先行者——鲁藜的莅临。面对乡亲们洋溢的笑靥、后来者赞叹的声浪，诗人心潮逐浪高，文思胜泉涌，即兴朗诵。

他动情地说：“我是写诗的，今生仍然要为亲爱的祖国做贡献，仍然要为诗而燃烧！”

会议结束后，鲁藜归心似箭，携妻子返回翔安许厝村。

近了，近了，故乡近在眼前。

然而，近乡情更怯，旧时巷陌今何在？亲朋故友可安好？诗人展开双臂，要把故乡揽进胸膛，他来不及洗去车旅的劳累，就到田间地头走亲访友。

“我回来了，故乡！”这是鲁藜对所有人的问候。他“迸发着泪花投进”许厝的怀抱。诗人回到熟悉又陌生的故土，感慨何止万千：“我依偎着车窗凝望过去 / 心涛如澎湃的鹭江 / 半个世纪绯艳的风云 / 如同一道瞬息变幻的彩虹。”

夜深沉，寂静的山村弥漫着流岚，鲁藜躺在木床上，心中涌出从未有过的踏实。他觉得自己的生命就像成熟的果实，无枝可依，飘落大地是唯一的归宿。都说叶落归根，其实真正归根的是果实，融进泥里，生根发芽，成长为故乡的风景。朦胧的夜色透进窗棂，如粉般散落床前。屋后的榕树发出哗哗的林涛声，那是对游子归来的问候吗？

第二天清晨，鲁藜牵手妻子在村中漫步，乡亲们见到传说中的诗人都颔首相迎，用最淳朴的闽南话问道：“吃饱了？”

“吃了。”鲁藜用生硬的闽南语应答。

伫立在榕树下思考，是鲁藜的至爱。浓荫如巨盖、气根如飘髯的榕树是诗人的精神源泉。坐在榕树下，鲁藜可以彻底忘我，像一滴水融入海中，像一口气呼出空中，像一个诗人融化在诗情画意中。“树啊，你能否告诉我 / 我那些游伴都星散何方 / 也许都像金色的种子 / 各自飘落于黑色的土壤去孕育希望。”

这一次，鲁藜夫妇在许厝住了七天，正好一周，每一天家里都是高朋满座；这一次，诗人会见所有慕名前来拜访的诗歌爱好者，倾其所有指导晚辈；这一次，70 岁的老人重修了父亲的坟墓，交代了后事；这一次，难道当年的许涂地知道自己是重返家园的最后一次？

1999 年 1 月 13 日，在漫天飞雪中，鲁藜安详离世。

再过一年，就是人类的 21 世纪，鲁藜离去了，他的诗歌却在 21 世纪传颂。

在翔安建区 20 周年之际，笔者来到鲁藜的故乡，看到在内厝镇政府、在第二实验小学、在鲁藜小学、在许厝村，在每一个显眼的位置，都赫然立着鲁藜的半身塑像。在厦门，他的诗作代代相传；在翔安，他的故事为人津津乐道。

如今，许涂地的故居旧厝，已打造成鲁藜纪念馆。墙上悬挂诗人自己书写的代表作《泥土》，每个文友都在这张书法作品前驻足。因为这短短的四句诗值得每个人铭记，也值得时代铭记。

老是把自己当作珍珠
就时时有怕被埋没的痛苦
把自己当作泥土吧
让众人把你踩成一条道路

（原载《福建文学》2024 年第 1 期）

评与论

新世纪的选择

——国画大师周韶华冠豸行

因自幼身材高大，周韶华 12 岁就参加了八路军，是革命生涯和美术创作伴随他走过人生的七十个春秋。如今的国画大师仍然精神矍铄，一派艺术家和长者的翩翩风度。千禧年的 1 月 19 日，国家级风景名胜区冠豸山石门湖发生了两件喜事，一是从北方飞来了数只过冬的仙鹤，二是迎来了世界级的国画大师。旅游局的小马举着相机四处寻找飞来飞去的仙鹤都没拍成，只好回到码头拍鹤发童颜的周韶华，并说“原来仙鹤在这里”。

第一次来冠豸山的周韶华为它的美丽感到惊奇，认为它综合了全国名山大川的优点，既有庄严、雄伟、阳刚之气的美，又秀丽、幽深、小巧玲珑，景点非常集中。如果扩大宣传，会让世人向往。

周韶华现为中国文联委员、湖北省文联主席，由于他的国画作品和著述打破了近千年来文人画的格式规范和笔墨情结，是徐悲鸿、林风眠、蒋兆和、李可染、吴冠中诸贤之后对中国美术有卓越贡献的国画大师。千禧年的第一个元旦，周韶华在厦门举办“世纪的选择”新作展，作品中笔墨规范上与文人画的分离倾向和艺术形态上的象征倾向，在观众和专家中引起了巨大的反响，像打开了一扇窗口，为福建美术界注入一股结构重于笔墨、气势重于韵味、胆识重于功夫的清新空气。

20世纪80年代以来，周韶华在创作《铁壁江山》《夜探唐古拉》《天池》《走出长阳洞》《无字碑系列》《玉骨清相》《一抹夕阳红》《喜马拉雅》《半月溪》等大量国画作品的同时，还出版了超过百万字的五部文论专著，提出“跳过元明清以近的传统，把借鉴的触角伸向宋代和魏晋六朝以远，驰骋于汉唐秦楚，上溯春秋周殷，直至仰韶文化的活水源头”。其中，在中国画坛最有影响力的理论思考：一是“隔代遗传”，即“咬破文人画的茧子”；二是“横向移植”：积极借鉴国外的、民间的、姐妹艺术中的一切于己有益的因素；三是“全方位观照”：传统与现代契合，东方与西方融汇。

真正的大师不但坐而论道，而且起而行之。20年来，周韶华遍访名山大川和文化古迹，从黄河到长江、从长白山到帕米尔，中外行程20余万公里，而黄河寻源则是他艺术创作的新起点。从那时起，周韶华不仅强调画面的整体结构，并且从结构的角度更深地把握了笔墨的现代意义。从1983年的“大河寻源”展，1992年、1994年两度“世纪风”展，1995年在北京举办的大型个展，1997年出版的《面向新世纪》画集，直到2000年元旦在厦门举办的“世纪的选择”新作展，他的作品始终贯穿着强烈的象征倾向。

在谈到如何加强冠豸山人文景观的开发建设时，周老认为文化是一个民族精神的号角和火炬，我们总以为文化建设是将来的事，其实不然。他建议连城要开发客家文化，把客家人世世代代创造的民俗、风情，如何生产、生活、娱乐，方方面面展示出客家人的历史和辉煌，建成一个历史长廊和博物馆。

周韶华总是借山川草木、新景古物结构着外张的图式，以象征他所追慕的大华夏精神和大宇宙灵魂。我们有理由相信，雄奇秀丽的冠豸山一定会出现在大师的“咏叹派象征主义”作品中。

（原载《精神文明报》2000年2月14日）

趣味的诉说

——陈文令雕塑展《幸福生活》点评

认识陈文令，是从2002年在厦门珍珠湾海滩的“船——厦门现代艺术展”开始的，那一次他的参展作品是《红男孩》系列。关于《红男孩》的评说已经很多，我想强调的是，那一群鲜红色调的男孩雕塑给我带来的震撼是持久而弥坚的，他们总是让我联想起《铁皮鼓》《呼喊与细雨》《透明的红萝》这些表达儿童记忆的小说。

那么，《幸福生活》系列给我带来的是什么呢？先让我们来看看这些作品的外部形象：肥硕的女人怀抱站立的狗，四周的小狗像百鸟朝凤般地环绕；抱猪的男人西装半脱，抿起嘴将头吃力地歪向一边；戴耳环的猪头足倒立，形态各异的猪一线排开穿墙而过；最有意思的是招贴广告上的作品，盖头蒙住了一对男女的上半身，当我们在展厅看到实物时，原来男身是猪头而女身是鱼头，旁观的肥女人憨态可掬却拖着长长的鱼尾巴。我们可以说这些可爱的形象表现了世俗的狂欢；也可以说正是作品外部的趣味性吸引了观众；甚至可以说是雕塑家从个体经验到社会经验的思考。

每一件雕塑作品都会因不同的人群而受到不同的解读，陈文令的雕塑当然也不例外。我要说的是，雕塑家的创作激情肯定来自现实的感动，《幸福生活》告诉我，受到工业社会污染的人类内心充满对原始状态的渴望，人与动物的亲密接触就是这种渴望的外在形式；在人文精神缺失的现代社会，人身上的动物性得到张扬，我们肉眼所见的是衣冠楚楚的人，打入我们内心的影子往往是快乐的猪。

在我看来，任何一种艺术形式都要解决一个观赏的可进入性的问题，因为我们存在一个误解：可进入的就是庸俗的，高雅的是难进入的。事实上，现代艺术的显著特点之一就是以最通俗的方式阐述最深刻的问题。名曲有人倾听、名画有人观赏，难道名雕塑就要拒人于千里之外吗?《红男孩》系列绝不能简单地理解成好看或好玩，它表达的是一代人心灵的故事：瘦弱的形象与喜乐的表情并存，也就是贫困的物质生活与心灵的丰富并存。

那么，《幸福生活》也不能简单地理解成是人对宠物的热爱，它表达的是我们内心不可调和的冲突：灵与肉。

（原载《厦门晚报》2004 年 3 月 31 日）

家园的记忆

——李大成工笔花鸟画展评述

李大成的工笔画，是因《红枫树下谁为伴》荣获全国第四届工笔画大展金奖而备受瞩目的，李大成继承了陈之佛孤高独立的传统品格，师从喻继高清新雅丽的气韵基调，追求恬淡沉静的审美意趣，形成设色淡雅柔和，渲染多于重彩的独特风格。

现代人需要诗意地安居，侧重对自然趣味的追求，无疑的，李大成的花鸟画给我们提供了文化的归属感。那些迎面而来的泥土芬芳，那种田园诗歌的亲切淳朴，无不唤醒我们心灵深处的家园记忆。与众不同的是，李大成总是让清静无为的中国文化沉淀到画面上，不露纤痕地将话语的表达潜藏在形象的背后，让人去意会、去品味！

李大成以大意境、大手笔、大花鸟的精神，在体验自然中亲和自然，在生命的感动中真情描绘。李大成很少沿袭梅、兰、竹、菊等传统花鸟画的题材，更不局限于名贵花卉、珍禽瑞兽，而是从关爱生命的角度出发，去捕捉鲜活的情态与趣味。于是，自然与生命的表白，就成为李大成工笔画的主题。生命体验经过李大成的心灵过滤，从他手中酣畅地流露出来。李大成相信，画家只有深入生活内部，认识美的本质规律，才能获得创作灵感；

只有继承大师笔墨之法，才能表现生活的本初状态，准确生动地传达出花鸟之美的神韵。修身毓性、记忆家园，要的正是从真实中讨笔墨，于笔墨中现风采。

画面单纯凝练、简洁沉静，艺术语言朴素明快、清新秀雅是李大成工笔画的特色。李大成十分注意色彩的和谐搭配，在统一的色调之下力求丰富的变化，在静态中塑造动态视觉效果，营造出梦幻般浓郁的诗情意境。

伴随着中国文化变革的百年大潮，工笔画经历了探索形式、表现新题材的诸多改良运动，然而，我们不得不承认，历代以描绘兽鸟花木为题材的工笔画并没有过时。题材是为表达思想的，从来都只有观念陈腐的匠人，没有题材偏远的画家。

早在宋代，山水花鸟画就臻于至美，形成了以典雅、工细和诗意为特色的院体画风。尤其是宫廷花鸟画的创作，更是历史上工笔画最为成功的繁荣时期，观念与技法都达到了顶峰。可见，写实性是中国花鸟画得以发展的基础，傅抱石在谈到花鸟的写实性时指出："这写生的含义与一般绘画术语——写生的含义不同。这是要求表现花和鸟的生命气韵的意思，并要通过花鸟的优美形象来抒发作者的思想感情，给人以丰富、充实的美的感受。"李大成正是做到了这一点，创作的前景才得以展现。

作为21世纪的工笔画家，李大成的工笔花鸟画是传统的，也是现代的；是风格独特的，也是蕴含丰富的；因为诗意地安居是每个人的梦想，也是每个画家亘古未变的艺术追求。

（原载《厦门晚报》2004年11月10日）

海角天涯乡梦同

——客家籍国画大师罗炳芳的故乡情结

“回福建，画故乡”是项南同志多次跟罗炳芳先生提到的话，这句话精确地概括出罗炳芳绘画的基本特点：心系故土、乡情入画。

虽然我从未目睹过罗炳芳先生的鹤发童颜，但罗炳芳这个名字对我并不陌生：我初中读的罗坊中学由一座古寺——莲章寺改造而成，被辟为礼堂的正殿中间立了一幅巨大的毛主席像，我们上课、睡觉、吃饭都要从毛主席的眼皮底下经过，奇怪的是，我们无论站在哪个位置，毛主席他老人家都目光如炬地盯着我们。毛主席带给我们温暖、慈祥的同时，也带给我们威严。老师告诉我们，画这张巨像的画家叫罗炳芳。

我的语文老师叫罗梧升，教我的时候虽然尚未退休却已经白发苍苍，他不但教学经验丰富，而且治学严厉，批评学生的时候总是一语道破问题所在，让我们无地自容。梧升老师就住在大门左边的宿舍里，我们出入学校都要经过他的房间，我们总觉得梧升老师在观察学生的举止，因此出入校门时不得不小心谨慎。我的三年初中生活就是在毛主席和罗梧升的双重威严下度过的，直到离开莲章寺到北团去读高中，我才知道，这双重威严都与罗炳芳先生有关系：罗梧升就是罗炳芳的哥哥。

在我的高中时代，做过唯一的正经事就是跟李广东老师学画画，当年北团中学的橱窗里挂满了学生画作，大部分是我的素描和写生，这是我人生中最骄傲的事件，远在北京的画家罗炳芳就是我少年时代的偶像。我们罗坊当代出过两个名人，一个是罗烈将军，一个是罗炳芳教授，只要我们老同学或乡亲们聚在一起，提到频率最高的两个人必定是他们。经过大家的口耳相传，关于罗炳芳的几则“画痴”故事我也就耳熟能详了。

其一，罗炳芳念中学的时候很爱画画，美术老师不要求学生在课堂上作画，只要学生每星期交一张画就行。有些不爱画画的同学就把图画纸交给罗炳芳“代笔”，罗炳芳来者不拒，不但不烦，反而觉得不花钱就能得到那么多画纸让他画画，非常划算。罗炳芳为同学们“代笔”的作业大多能得到80分，这样，找他的同学就越来越多，罗炳芳画得多水平自然就提高了，于是，在学校的各种墙报上，经常有他画的刊头和插图。

其二，有一次，罗炳芳到武汉出差，走到长江大桥就情不自禁拿出速写本画了许多大桥的速写。当他画完要走时，一位哨兵突然出现在他的面前。罗炳芳被带到警卫值班室，除了检查证件和各种盘问，武警还收缴了他的全部速写。

其三，在北京出版社担任美术编辑的罗炳芳已过不惑之年，为了追求艺术，他竟然放弃当时的职业，重返清苦的中央工艺美术学院讲坛。

我手头有两本画册《罗炳芳画集》(人民美术出版社)、《中国当代著名画家·罗炳芳》(北京工艺美术出版社)，这两本画集汇聚了罗炳芳从1950年到现在的作品，有油画、水彩画、中国画和书法，重点介绍了罗炳芳在改革开放后所创作的新作。打开画册，第一印象就是画作充满了东方神韵，又融入当代的审美趣味和西画的结构色彩，给人以无限美感。反复翻阅这两本画册，结合对真迹的印象，给我最强烈的感受，就是罗炳芳作品中的故乡情结。罗炳芳创作了大量的山水风光画作，故乡的土地在罗炳芳笔下分外有情，冠豸春晓、汀江古榕、武夷云海、海峡风光、连城屋桥等，无不抒发画家胸中的家乡情意。

有些是直接的福建题材，有些可以通过山形地貌、建筑风格、植物特色直观看出南方趣味。可以说是一笔一画写故土，一草一木总关情。那么，罗炳芳的故乡情结是如何形成的？又是以怎样独特的艺术形式来表现的呢？这要从罗炳芳的人生历程说起。

罗炳芳 1931 年出生在福建连城罗坊，正是“云龙桥”和“走古事”所在地，古老的云龙桥与山村狂欢走古事所营造出来的艺术氛围，滋养着少年罗炳芳的画家梦。当年的罗坊隶属于长汀，罗炳芳徒步到长汀一中读书要翻越石壁山的最高峰狗嬷山顶，同乡的我小时候也走过这条崎岖小道到长汀童坊赶墟，领略过沿途的险峻、艰难与坎坷。正是大自然的造化神奇，赋予罗炳芳艺术的灵感，塑造罗炳芳刚毅的性格。

解放初期，高中学生的主要思想是“学好数理化，走遍天下都不怕”。而罗炳芳却坚持自己的爱好，去报考美术学院。他申请离职考大学被批准后，写信向家里报喜。几天后，年过半百的母亲从罗坊步行 120 里到城里看望儿子，含泪摘下戴了几十年的耳环给儿子，并说：“炳儿，去吧！我相信你能考上大学……家里实在没有钱，这对耳环留给你防身，要学会照顾自己……”真是儿行千里母担心。罗炳芳没辜负母亲的期望，一辈子勤奋敬业，终成正果。罗老电话里对我说：“这对耳环现在成了我家最珍贵的传家宝。”

1952 年，罗炳芳从长汀一中考入中央美术学院。罗炳芳毕业创作的导师正是《开国大典》的作者董希文教授，由于罗炳芳在中央美术学院的各科成绩优异，毕业分配工作时，他被留校任教。在那个激情燃烧的年代里，热血青年罗炳芳的人生观、世界观不可避免地留下烙印，形成他明显的时代特征，那就是主旋律创作。罗炳芳说："当时，我们是热血青年，朝气蓬勃，激情洋溢，充满理想和信心，又得到吴作人、董希文等众多大师的教诲。掌握了扎实的基本功，牢牢树立了'艺术要为人民服务'的崇高目的。"

画家们被激发起了讴歌新中国的热情，罗炳芳也与其他同时代的青年画家一样，经历了新时代的思想变革。1956 年，《人民日报》发表了罗炳芳的速写《水库之夜》，《河北画报》发表他的毕业创作油画《丰收在望》。这一时期的中国绘画艺术有一个重要现象，就是以写生的形式出现在创作过程中。罗炳芳以新学院写实的作风毫无顾忌地冲入画坛，他们这帮年轻画家的出现，着实让沉闷的中国画坛震撼了一回。

1959 年，文化部组织历史画创作，罗炳芳暗下决心要画好鲁迅和瞿秋白这两位时代伟人。罗炳芳到上海、江苏收集素材，采访了鲁迅亲属周建人、许广平，瞿秋白夫人杨之华。罗炳芳特别注重人物性格的刻画，结果油画《鲁迅与瞿秋白》大获成功，被中国革命博物馆正式陈列展出，后来编入中国革命历史博物馆馆藏画集。改建后的中国国家博物馆把这幅油画列入馆藏中国当代经典美术作品展出。1964 年，罗炳芳又为"韶山毛主席故居"创作油画《少年毛泽东放牛》。

20 世纪 80 年代，中国画如何走向世界是一个中国美术界绕不过的问题，画家需要寻找一种新的图式来表达当下的生存意义。罗炳芳为中国画如何步入现代而思考，中国画自文人画的兴起至明清一直被视为正宗和主流，但在改革开放的大变革年代，中国画的表现技巧和画理的贫乏，以及脱离客观对象的文人气息，在涌动的生活潮流面前显得束手无策，表现无力，发展艰巨。如果中国画的笔墨不能添加新的意义，处处因袭前人，不但会束缚了创作，而且恰恰是画家表达心境的阻碍。罗炳芳感叹：笔墨必须解放。

从此，罗炳芳的绘画不以所谓的正统为样板，直接回归自然，并通过自己的实践来证明。罗炳芳把自己的后半生交给美术教育和创作，每年都带领学生到各地采风、实习、写生，如黄山、华山、庐山、峨眉山、武夷山，东北的长白山、湘西的张家界，桂林的漓江，云南昆明，以及家乡的八闽大地。

罗炳芳的足迹遍布祖国的大江南北、长城内外，十年里所作的素描速写比过去的二十年还要多几百倍，不但积累了第一手的创作资料，也领悟了名山大川的气度与神韵。“许多艺术界的前辈告诫我们：‘从事艺术工作，只有劳而不获，没有不劳而获的。’我既然学了美术专业，就决不放弃画画，因而一辈子心无旁骛，只求潜心作画，一步一步登攀，踏雪前行。”这就是罗炳芳的心声。此间，罗炳芳多次回福建写生作画，每到一地他总是尽情挥洒，满载而归，创作了一大批福建题材的作品。著名美术史家李树声认为：“走的地方越多，炳芳的感受越丰富，捕捉到许多诗情画意的场景，成为他作画的天然素材。”

罗炳芳认为，中国画最为珍贵的传统就是向大自然学习，古人之画也是向大自然学习的。他认定师法自然才是绘画发展的动力，法在自然之中。罗炳芳经过不断地探索，不断地超越自我，对人与自然、人与人的关系有了独特的理解。罗炳芳创作的中国画正是融入、吸收外来绘画的营养，才丰富了作品的表现内涵。同时，罗炳芳的油画作品充分运用了中国画的语言，融入中国传统文化的因素，为中国画的当代传承和发展做出了有益的贡献。

谢琳先生在一篇题为《中国风民族魂——罗炳芳绘画艺术鉴赏》一文中指出，罗炳芳的绘画作品有两个显著特色：一是油画中国化，二是中国画现代化。

原中央美术学院院长、中国美术家协会主席、著名画家吴作人先生曾引用毛主席的诗句“世上无难事，只要肯登攀”鼓励罗炳芳的艺术创作历程。1988年，当吴作人先生观赏了罗炳芳的作品后，鼓励说：“作品有了自己的风貌，是该办画展了。”这一年，“罗炳芳画展”在北京成功举办，主要展出油画和水彩画。中央工艺美术学院老院长张仃先生给罗炳芳画展题词“民族风貌”。

欣赏画展的同行看到，罗炳芳有很好的西画造型基本功，油画、水彩画都是轻车熟路，并能将水彩与水墨相结合，重写实又重写情、写意。既有结实、严谨的造型功底，又有抽象渲染韵味，特别是表现氤氲之气、潺潺流水、粼粼波光都获得成功。罗炳芳在西画的基础上融入了民族传统，重视气韵生动，使人感受到天地之灵气、山川之神韵。在赏心悦目之时，获得一种清心爽身的升华。

罗炳芳画遍祖国的大好河山，最让他依恋的还是故乡的山水和亲人，闽西这片红土地时常引发他无限的思念和艺术灵感。罗炳芳的艺术生命已经和故土情血肉相连，不仅在创作中有深深的流露，在中国画《汀江源》上甚至在直接的表白：“汀水悠悠出龙门，奔流入海作波涛；波涛飘舞随风去，晴空雨过彩虹高；汀江腴腴慈母身，养育代代客家人；客家赤子五洲徙，祖地情缘四海联。”正如著名美术史学家尚爱松教授给罗炳芳画展的题词：“闽海钟奇秀，风云入画图”。

罗炳芳对家乡深深的眷恋之情让我想起元代的江南画家黄公望，他的创作几乎都是描写江浙一带的山山水水。代表作《富春山居图》就是与画家对富春江的长期深入观察、领略自然之美的生活积累分不开的。黄公望住在富春江时，随身携带毛笔和纸张，遇见有物色的景致和树木就对景写生，把它记录下来。罗炳芳不就是当代的黄公望吗？

“回福建，画家乡”，似冥冥中的一声声呼唤。退休以后，罗炳芳参加的社会活动较多，他怀着深厚的故土感情，多次回福建写生，创作了一批福建题材的作品，拿到家乡连城、龙岩和厦门等地巡回展出。罗炳芳应邀参加了闽西客家学研讨会及客家书画创作活动，也为许多单位作画，作品被作为礼品赠送给贵宾和海外乡贤。并多次参加闽台客家文化交流活动和各种书画展览，出席第十五届世界客属恳亲大会，给大会赠送巨幅作品《风光无限》和《心飞故国楼》。1990 年，罗炳芳在厦门、龙岩等城市举办水彩画展。项南在题词中深情写道：“这个画展体现了画家怀念家乡、热爱家乡、建设家乡的真挚感情。”

1995 年在台北举办“罗炳芳画展”，八闽风情的画面唤起了许多台湾同胞的原乡记忆。这一年，罗炳芳创作了油画《魂归故里——胡文虎先生永垂千古》，捐赠给永定县中川镇的虎豹别墅陈列，后来胡仙博士将这幅画发表在《星光》杂志。罗炳芳笔下的胡文虎形神兼备、立体丰满，让每一个去虎豹别墅的客人叹为观止。

2002 年，世界客属恳亲大会在河南郑州举行，罗炳芳向主办单位捐赠国画《盛世金秋》，并向印尼客家人熊德龙赠送《登山古径》图。同年，革命老区长汀举办福建省苏维埃政府成立 70 周年纪念活动，71 岁的罗炳芳受邀请，又回到他梦牵魂萦的故乡，向大会赠巨幅画《万山红遍丛林尽染》。罗炳芳感触良多：“时间长了，实践多了，我对‘回福建，画家乡’的体会就更深了，这不是临时任务，而是方向问题。我是闽西客家人，虽然离开家乡五十年了，但是闽西这片生我养我的热土，时常引发无限的思念和无限的艺术灵感。我意识到我的‘艺术生命’已经和‘故土情’永远联结在一起了。”

2005年，他应邀创作了《国共第二次合作取得抗日战争胜利》的巨幅人物画，在澳门展出，并编入《携手同辉——纪念抗日战争胜利六十周年书画作品集》。

2006年，国台办邀请香港崇正总会组团到北京参观访问，并和在京客家乡亲举行联谊活动，北京客联会请罗炳芳作礼品画赠送胡仙团长。罗炳芳创作了巨幅国画《燕山远望》，并题词：“燕岭丹霞迎晓日，白河隐隐翠岚中；登高望远神怡旷，海角天涯乡梦同。”胡仙博士高兴接受赠画并发言感谢，邀请北京乡亲到香港观光。

2008年，罗炳芳受邀担任中国医疗扶贫博爱画院副院长，专注公益慈善事业，利用自己手中的画笔为多个贫困地区的医疗扶贫事业发挥了余热。

2010年9月，清华大学美术学院、民盟清华大学委员会、中华老人文化交流促进会以及北京闽西革命老区建设促进会，联合在清华大学美术学院举办“古韵·今风——罗炳芳书画艺术展”。这次展览有一个鲜明的特点，就是展出了一批罗炳芳独具特色的书法作品。观众进入展厅，第一眼就能感受到中国古文字的端庄、大气、古朴、浑厚的古韵，气韵生动，运笔传神。媒体评论说，欣赏罗炳芳的篆书作品给人耳目一新、耐人寻味的印象。同一年，罗炳芳还创作了巨幅国画《万峰朝斗浩气长存》捐赠给连城县朋口镇项南纪念馆。

从我手头的两本画册可以看出，罗炳芳有中国画论、诗词、古篆、印章各方面的深厚功底，体现出丰富的文化底蕴。当年我作为“客家亲”网站的主编，请他题写网名，他二话不说就答应了。拿到他的古篆书法，编辑部同仁竞相传阅，无不啧啧称赞。

笔者以为，贯穿中国绘画史的美学思想，其实就一个“品”字，品的高低，指的是画家创作的作品能否体现当时的时代精神，表达当时人民的心声。绘画是平面的视觉艺术，画家的画品人格，要通过线条结构、笔墨情趣呈现出来。罗炳芳老师人品高尚，画品高雅。罗炳芳画如其人，他的画一丝不苟、一笔不懈，严肃端正、气势磅礴，自有一种气壮山河的气概扑出画外。罗炳芳做人与作画，可以说是“品格俱备德艺双馨。”

2011年，罗炳芳得了一场大病，经过半年的治疗和休养，身体逐步恢复健康。住院期间，罗炳芳回眸漫漫人生路，创作了一首《耄耋感悟》的诗：“耄耋人未老，性怡心自宽；勤勉常知足，清淡保康安。御园花竞艳，陋室墨生香；绝顶人为峰，高处不胜寒。人生百年梦，时醒时糊涂；岁岁无暇日，袖袖共清风。久居喧嚣市，期慕桃源川；潜心诗书画，无为亦坦荡。”

罗炳芳龙年已经82岁高龄，但他老骥伏枥、宝刀不老，仍然保持旺盛的艺术生命力和创造力。不断有新作品问世，不断有新的艺术追求。罗老多次在电话中跟我说：“小吴，有机会我还要回家乡写生，登冠豸山看一看，上鼓浪屿走一走。”

乡情入梦、故里挂怀，我想，罗老的创作激情不减，除了身体好，更重要的是他对艺术生命的珍惜，对故乡的念想。

（原载《闽西日报》2012年3月23日）

揽闽西山水　绘客家风情

——游启章中国画展前言

坦率地说，游启章起先并没有进入我的视野。一次偶然的机会，在《厦门文学》看到了他的几幅作品，为之一震。之后又在他的画室里见识了上百张的国画，更是惊叹不已。这些画面饱满、情感充沛的山水画，跟许多一线画家摆在一起也不逊色。游启章的山水画，基本避开名山大川，迥异于闭门造车的技术主义流行话语。一草一木总关情，一山一水通人性，那是对故乡汀州的眷恋，是对客家文化的诠释，是对儿童记忆的再现，是从心底流露出来的、有话要说的真正创新之作。这样的创作以笔墨为旗帜、以体验为根基，一笔一画都是画家的呼出。这样的创作是可靠的、真实的，也是大美不言的。

我看画，从来都是就画论画的，不管他有多么光鲜的头衔，也不管他是多么卑微的出身。我以为，画家就是画画的，好比农民就是耕地的，作家就是写作的，画不好，画家头顶的光环就成了街头杂耍的小丑帽。我知道游启章 1982 年毕业于福建师范大学美术学院，主修中国画，师从杨启舆、翁振新等著名画家。这些都不重要，重要的是，我在游启章的山水画中，可以清晰地看出他对自然的崇尚，看出他不断地探索如何在自己的绘画中呈现大自然最美的面貌。他的山水间总有一笔带过的草房或人物，富有人的气息，没有人迹也有人的情趣，那是画家心中的自然。

从日常交往中可以看出，游启章是个乡情观念很重的人。作为一个客家子弟，在几十年的创作生涯中他走遍了闽西的山山水水，闽西的山光水色已经融入他的血液中，成为他生命的底色。无论是山水画还是花鸟画，都体现出画家对故土乡情的真挚热爱。

这一条看上去老生常谈，其实至关重要。因为大部分山水画家要么画风景名胜，要么随意虚构。我想，画风景名胜是因为有大量的名画可资借鉴，随意虚构是因为画家情无所依——他不知道自己钟情的山水在哪里。而游启章不一样，他钟情的山水是确切的、真实的——闽西客家、汀江两岸。闽西的崇山峻岭，汀江的水缓湍急，客家的民俗风情，那些迷人的色彩在他的脑海中沉淀，幻化成流淌的水墨，形成他自己具有主观创造性的审美格调：远离喧嚣的尘世，以清凉邂逅久违的自然。

国画创作之难，难在既要传承传统又要现代感觉，我以为，这个两难在游启章的笔下有效地解决了。游启章从“师造化”中追求人与天地自然融为一体，物我化之而了无障碍，他的山水画完全是画家情操与人格精神的物化。他在写生中注重对自然的观察与表现，并加提炼和取舍，形成他山水创作的个人图式。使他的画有来自真山水的生动性，带有明显的闽西客家特色。技法表现上以水墨为主，辅以色彩，运用娴熟洒脱的传统笔墨功力，写景抒情。他以自己的人生暗合自然的意境符号，继承了传统文人绘画的特色，又融入了时代的现实气息。

游启章画山水、画花鸟，也画人物，保留一股艺术的激情与冲劲，他的创作是持续的、不间断的，始终在寻找最佳的表现手法。他的可贵之处在于，创作从内心的冲动出发，不以重复的熟练或单一的技巧谋利。我想，这是他没有过早介入书画市场的结果。在美术界，名气是一柄双刃剑，在让画家获利的同时，势必以经济的方式挟持画家朝着市场的需要重复。值得庆幸的是，游启章多年执着于自己的艺术追求，没有受到太多的市场干扰，这竟然也成就了他作为实力派画家的一种优势。

中国传统文人画说到底是一种意趣绘画，意是意境，趣是趣味，意境的大小取决于画家对人生的感悟，趣味的高低取决于画家对自然的审美。经过三十几个春秋的磨砺，游启章的山水画无论在立意、笔墨还是构图上，都有了自己的独特之处。这很重要，因为这是画家安身立命的基石。

问题是，艺术家的声名往往是身后的，他的追求必须贯穿终身，游启章能做到吗？值得警惕的是，有朝一日游启章声名鹊起，他的画被收藏、被哄抬，这个时候，他会不会为了钱大批量复制自己？还能不能像现在这样气定神闲地投入创作呢？当我问到这一点，游启章灿烂一笑，一扫大背头，回答得掷地有声："不会！"

我因时常写一点美术评论而关注一大批画家，但我忽略了游启章，为此，我感到深深的羞愧。

（原载《台港文学选刊》2014 年第 9 期）

黄慎绘画艺术的风格及影响

基本信息

黄慎（1687—约 1770）

字号：字恭寿，又字恭懋，号瘿瓢子、东海布衣等。

籍贯：福建宁化，居扬州。

画派：扬州画派。

师承的画家：上官周、吴镇、倪瓒、黄公望。

技法：用狂草笔法作画。

艺术特色：善画人物、花卉。晚期用狂草笔法作画。

风格特征：画花卉，纵横挥扫，气象雄伟。

兼习及特长：人物、书法、诗。

代表作：《墨菊图》《仕女图》《渔归图》《伏生授经图》。

著述：《蛟湖诗钞》。

生平经历

客家祖地宁化县城南大街十字路口的小广场中间，矗立一尊十米高的塑像：一位清癯老人背东朝西，左手握一只瓢，右手执一管笔，伸向瓢中蘸墨，目光向前凝视，仿佛正要挥笔作画。这位老人就是以诗、书、画三绝闻名于世的“扬州八怪”中的佼佼者黄慎。

黄慎故乡在宁化县湖村镇张家湾村，此处倚翠华之高山，临蛟湖之碧水，风景优美宜画。黄慎故居为典型的客家建筑，坐西朝东，围墙上以木质结构做抱厦。仰视故居大门，正中有木质照壁，分左右两侧进入内厅。

黄慎于清康熙二十六年（1687 年）端午节出生在这里，父亲名维峤，字巨山，是一个颇知诗文的穷书生。黄慎自幼随父亲识字涂鸦，接受启蒙教育。13 岁时，父亲客死湖南，两妹相继夭折，家境十分穷困。家庭生活的艰难使少年黄慎刻苦学画，以卖画来维持全家生计。

黄慎自认为不过是一介画匠而已，母亲却教导他：“作画应多读诗书”“儿为是良非得已，然吾闻此事非熏习诗书，有士夫气韵，一画工伎俩耳。讵足亲贤达，慰汝父九泉”。为了提高画技，《闽画史稿》描述黄慎：“年方十八九，寄身萧寺，白天作画，晚上即在佛灯下读书。”从《毛诗》《三礼》《史记》《汉书》，到唐诗宋词，无不熟读精思。同时考察历代制度、衣冠礼器及昆虫草木四时的荣枯变化。黄慎勤奋苦学，悉心钻研，画艺日进。黄慎有诗描述这段生活：“十年容类打包僧，无怪秋霜两鬓髭。历尽南朝多少寺，读书频借佛龛灯。”

这段不寻常的生活阅历使黄慎开阔了眼界，增长了见识，同时积累了生活素材，对他以后的创作，特别是人物画创作，产生了重大的影响，黄慎从民间画工渐渐转变成为文人职业画家。黄慎的祖父母在他 28 岁时去世，他 26 岁时娶妻张氏，家境已略有好转。

清康熙五十八年（1719 年），32 岁的黄慎离家远游，行走于福建、江西、广东、江苏、浙江各地，边卖画，边游览山川名胜，广交朋友。

雍正二年（1724年），黄慎第一次来到淮左名都扬州。这时的扬州，商业繁荣，文化发达，达官巨商云集。更重要的是，这里汇聚着一批全国一流的艺术名家，许多功名不第的布衣画家，提倡个性解放强调传神写意，使画坛出现新鲜气息，书画的创作与买卖都极为活跃。黄慎初到扬州就发现，这里的风尚“扬俗轻佻，喜新好奇”“模山范水，其道不行”。

黄慎于是定居扬州，往来于南京、淮安、海州等地卖画。黄慎的卖画之旅还算顺利，“持缣素造门者无虚日，扬之人遂咸知有山人（黄慎）之画。”黄慎在扬州得到文人马荣祖和徽商吴步李的帮助，先后客居在李氏园、双松堂和刻竹草堂等。黄慎在其著《蛟湖诗钞》中便有《康山》《侨寓平山麓下李氏园》《寓维扬李氏园林》《寄居维扬美成草堂》《借居维扬杨倬云刻竹草堂，时自淮安归有感》等诗作。黄慎结交了许多名士画友，特别是与郑燮、李鱓、金农、高翔等画家交往密切，“酬倡无虚日”，共同开创画坛的革新局面，艺术创作日益成熟，名噪大江南北。

黄慎在扬州的三四年间，正是他创作最旺盛的时期。雍正四年（1726年），黄慎取别号曰“瘿瓢山人”，并以木瘿刳制一只瘿瓢。谢堃《春草堂集》记曰，黄慎“初至扬郡，仿萧晨、韩范辈工笔人物，书法钟繇，以至模山范水，其道不行。于是闭户三年，变楷为行，变工为写，于是稍稍有倩托者。又三年，变书为大草，变人物为泼墨大写，于是道之大行矣。盖扬俗轻佻，喜新尚奇，造门者不绝矣。瘿瓢由是买宅，娶大小妇。”关于黄慎娶妇，清凉道人《听雨轩笔记》卷一描述，黄慎“赴友人饮，见其临腐肆之友而悦之，囊无资，不能致也。乃画一仙女，张之装裱之肆，盐商以重值购之不可，问其所欲，则以实告，商因买腐肆之女易之”。“一年一度花上市，眼底扬州十二春”，黄慎在扬州度过了十二个春秋，与扬州结下了深厚的感情。“人生只爱扬州住，夹岸垂柳春气熏”，扬州优美的园林风光常使他驻足忘返；扬州悠久的名胜古迹引发了他的诗情画意。

黄慎是个孝子，他到扬州后的第三年便回宁化将母亲偕同弟弟黄达接来扬州奉养。雍正十三年（1735 年），其母思乡，欲返乡终老。48 岁的黄慎除了遵从母旨，自己似乎也有了“五湖看尽，归去青山”的意思。转年春，黄慎离开寓居 12 年的扬州，携家返闽，举家回到宁化，在家乡授徒传艺。一路上，访友问朋，写诗作画，但身心仿佛仍在扬州。题《山水人物册》曰：“来往空劳白下船，秦楼楚馆总堪怜。但余一卷新诗草，听雨江湖二十年。送君微雨雪花天，扬子江头鸭嘴船。归到宁阳如有问，疲驴破帽过年年。”

当初返闽，黄慎曾想“到家酿秫酒，编荆护柴扉”，从此隐居不出。但生计逼迫，加之习惯了流浪生活，他仍然东奔西走，四处卖画。从雍正十三年（1735 年）到乾隆十五年（1750 年），16 年中，黄慎在宁化老家一边奉送老母，照顾妻子儿女，一边仍作画不已。先后出游长汀、永安、连城、沙县、南平、福州、古田、建阳、崇安、龙岩、泉州、南安、厦门等地访友、卖画。因为有了“十载江南客，归家两鬓秋”的经历，他在家乡各地的画名也大了起来，每到一地，常受到县官或州官的接待，请他住在官署斋馆。比如在汀州府，便住在府衙内的清友亭，为知府王相作了规模颇大的《写生山水诗画合册》。

黄慎 65 岁时，母亲曾氏去世，他倾财请地方官吏为母亲立牌坊，以表彰她的节孝。他又重游扬州，居住 6 年，才返故里，苦度晚年。此后，他在家乡住的时间渐少，外出卖画、游历的时间愈多。浪迹中，时而忘情诗画与美景，乐不思蜀；时而羁旅孤独，感慨奔波劳碌、人生如寄。对以卖画为生的黄慎来说，两种心情都是真实的。

乾隆二十四年（1759 年），浙江海宁人陈鼎（字组云）调任宁化县知县。陈鼎是个风雅之士，一到宁化就主动会见黄慎，并捐资刊印《蛟湖诗钞》。在序中，陈鼎称赞黄慎的诗“请远流丽，古近体皆有师承”。

乾隆三十五年（1770 年），黄慎病逝。由于黄慎“情落拓，无城府，人多喜从之游”的缘故，使他成为八怪中最长寿者。乾隆三十七年（1772 年）葬于宁化。

1987 年 8 月，中共宁化县委、宁化县人民政府隆重举行黄慎诞生三百周年纪念会，并在南大街口瘿瓢园竖立黄慎塑像。著名国画大师刘海粟为黄慎的塑像题词：“怪而不怪，艺传百代。”

时代背景

自隋唐以来，扬州即以经济繁荣著称，虽经历代兵连祸结，但由于交通便利，土地肥沃，物产丰富，每次战乱之后，总是很快又恢复繁荣。清朝的统治到了康熙时代进入全盛时期，政权十分稳固，恢复明王朝完全成了梦幻泡影。扬州虽惨遭十日屠城破坏，经康雍乾三朝发展，又呈繁荣景象，成为全国的重要贸易中心。富商大贾，四方云集，尤其以盐业兴盛，富甲东南。

清代的扬州，“其煮盐之场较多，食盐之口较重，销盐之界较广，故曰利最多也”。扬州“官盐”运销长江中上游各省，盐商通过垄断经营，获得巨额利润，积累了雄厚的资本，“富者以千万计”。据《大清历史新闻·雍正卷》记载：

雍正六年（1728 年）七月二十日，清廷准许浙江总督李卫奏报有关治理两淮盐务的七条措施。这七条措施是兼理两浙盐务的李卫遵旨，同署两江总督范时绎等共同商议提出的。李卫任浙江总督期间，缉拿私盐成就斐然。清代划分十几个盐区，浙江盐区是其中之一，浙盐在浙、苏、皖、赣四省行销。但清代体制僵化，在浙盐区靠近两淮盐区的地方，不能买就近便宜的两淮之盐，只能吃价高的浙盐，因此导致越区贩私盛行，官盐运销不畅。李卫加强缉私队伍力量，重点打击具有强大组织的大盐枭。有"满洲二姑"之称的女盐枭沈氏，就被李卫立行杖毙处死。

到黄慎在扬州生活的雍正、乾隆时期，扬州盐商已经成了囤积居奇、垄断专利的最大商业资本之一。这些声势显赫的盐商"衣服屋宇，穷极华靡""金钱珠宝，视为泥沙"。扬州城"四方豪商大贾，鳞集麇至。侨寄户居者，不下数十万"。盐商们积聚了大量的财富，为了满足自己奢侈生活的需要，对物质和精神上的产品也就有大量需求，如精美的工艺品、珍宝珠玉、鲜衣美食，在书画方面更是着力搜求。他们的财富除了用于自己的营业、生活、消费等支出外，客观上也有不少用来支持和扶植扬州的文化事业，如刻印书籍、建立书院、收集古籍、资助文人等，这些活动既有助于商人们社会地位的提高，也推动了扬州文化艺术事业的兴盛。

盐商们的种种文化活动成为扬州文化发达的标志和外在表现。豪富附庸风雅，对四方名士来扬州者多延揽接待。扬州因而吸引了全国各地的许多名士，其中有不少诗人、作家、艺术家。各地文人名流汇集扬州，在当地官员倡导下，经常举办诗文酒会，以致诗文创作载誉全国。所以，当时的扬州，不仅是东南的经济中心，也是文化艺术的中心。应该说，扬州盐商丰厚的财力是文人会聚扬州的重要基础，盐商们"富而好士"又直接推动文人雅士奔涌于扬州。

史料表明，扬州盐商的群体形象，首先是富有，其次是好友。没有什么商人群体比扬州盐商更喜欢读书，也更喜欢养士的了。园林的一大功能便是盐商们宴请文人的场所，“扬州八怪”由于才高艺精，他们也常常成了这里的座上宾客。同时园林也多是“八怪”寓居扬州的住所。《虞初广志》卷三云：“扬郡以清高宗巡游之后，繁富甲东南，鹾商拥巨金者，每好延接知名士，博爱才名。”《谐铎》卷三云：“适虹桥荷花盛开，鹾贾设宴园亭，报名士之客于扬者。”这就是“扬郡鹾贾”礼贤下士的公众形象。

相当一部分盐商有相当深厚的文化功底、有一定的学术造诣、有一定的艺术涵养，盐商与文化交往并不纯粹是一种功利交往，也含有一定的学术交流，历任的扬州盐官积极参与这种文化活动，起到了不可忽视的作用。流风所及，中产之家乃至平民中稍富有者，亦求书画悬之室中，以示风雅，民谚有“家中无字画，不是旧人家”之说。对字画的大量需求，吸引和产生了大量的画家。据《扬州画舫录》记载，本地画家及各地来扬州画家稍具名气者就有百余人之多，其中不少是当时的名家，“扬州八怪”就是其中的声名显著者。

“扬州八怪”与盐商、盐官的关系，反映出文化繁荣之后的经济张力。扬州发达的市场经济使得文人卖画、卖文不再是一件不光彩的事，观念更新推动了扬州书画和市场的异常发达。当时的扬州成为文人向往、聚集的地方，扬州达到了一个文化巅峰时期。

就在这一时期，画家们普遍放弃了同清朝统治者对立的政治立场；加上他们艺术造诣的日趋成熟，引起了一些权贵名流的注目。以“扬州八怪”为代表的扬州画派的作品，无论是取材立意，还是构图用笔，都有鲜明的个性。这种艺术风格的形成，与当时画坛上的创新潮流和人们审美趣味的变化有着密切的联系。

艺术风格

“八怪”这个词，在扬州百姓看来并不是一个褒义词，但又算不上是一个贬义词，它指日常生活中稍稍越出一般常规而又无伤大雅的现象，有调侃与即兴的意味。全国各地的方言都有一些用数字来形容不正常、不健全的说法，诸如上海人说的“十三点”、客家人说的“二百五”之类，实际上都是形容某些人性格乖张、行为怪诞。因此，“八怪”可看作形容词，也可看作约数。

用“扬州八怪”来称清朝康熙、乾隆年间，中国绘画史上一个著名的“扬州画派”，是指他们在艺术上表现出了强烈的个性：冲破古法的束缚，立意创新，用笔奔放，挥洒自如，是对正统画法、正统书法的背离或反叛。那么，“扬州八怪”的名称到底起于何时呢？江苏美术出版社出版的“扬州八怪资料研究丛书”介绍，还没有从乾隆、嘉庆、道光三朝的文献中发现“扬州八怪”一词，连喜欢记载故乡遗闻轶事的李斗和阮元，在著述中也没有提到“八怪”两字。卞孝萱先生在前言中说：“直到清末刊印的《扬州画苑录》中才有‘怪以八名’的话，凌霞才正式写了《扬州八怪歌》，载在《天隐堂集》”。《扬州画苑录》有光绪九年（1883 年）序，也就是说，直到这时才有“扬州八怪”的正式记载。

陈师曾在《中国绘画史》中指出：“乾隆间号称扬州八怪者，多江湖野逸畸行之士。其画往往不守绳墨，或变其师法，自出机杼，是为清朝花鸟之一变。其人则为金农、罗聘、郑燮、闵贞、李方膺、汪近人、高凤岗、黄慎、李鱓，然不尽籍隶维扬也。”看惯了正统书画的扬州人，一方面对一切旁门左道、异端邪说的东西抱有莫大的好奇心和新鲜感，另一方面却又因为心理的定势而不能不站在传统的、正宗的立场上对他们略有讥讽。例如郑板桥的“六分半书”、金冬心的“漆书”、汪巢林画的“繁枝梅花”、罗两峰的“鬼趣图”等，在当时人看来总是有点怪里怪气的。

因为“八怪”是个约定俗成的词，所以它并不像考据家理解的那样，一定得有八个“怪”组成，正如二十四桥并不一定是二十四座桥一样。可是美术界仍要“循名责实”，认为“扬州八怪”是指八个特定的怪人。为了凑足“八”的数字，就出现了关于“八怪”的各种不同的版本。卞孝萱先生在《冬青书屋笔记本·扬州八怪考》里解释说，因为“八怪”没有一个组织，这些画家有的是扬州本地人，有的是外地人来扬州卖画，时来时往，或聚或散，而且做客的时间有前有后，有长有短，参差不一，评论家从各自的角度提出各自的说法，当然不可能完全相同。

俞剑华的《中国绘画史》认为：“当时虽有八怪之名，而其实人数不止于八人，并无固定之人名，后人遂不免稍有出入。”卞孝萱先生认为：“我们对于‘八怪’，是作为一群革新画家来研究的，不必拘泥于哪一种说法，也不必局限于八个人。着重在‘怪’，而‘八’这个数字关系不大。诸说可以并存。”关于“扬州八怪”，主要有以下几种有影响的说法：

李玉棻《瓯体罗室书画过目考》认为，“八怪”是指罗聘、李鱓、金农、黄慎、郑燮、高翔、李方膺、汪士慎；

凌霞《天隐堂集》认为，“八怪”是指郑燮、金农、李鱓、黄慎、杨法、高凤翰、李方膺、边寿民；

陈衡恪《中国绘画史》认为：“八怪”是指金农、罗聘、郑燮、闵贞、黄慎、李鱓、李方膺、汪士慎；

阮荣春主编的《中国绘画通论》认为：“八怪”是指金农、黄慎、郑燮、李鱓、李方膺、汪士慎、高翔、罗聘。

陕西人民美术出版社 2010 年 7 月出版的《扬州八怪绘画艺术读解与鉴赏》，列入书中的是黄慎、李鱓、高翔、汪士慎、罗聘、李方膺、金农和郑燮。

其实，“扬州八怪”的日常行为并没有超出当时礼教的范围，更没有晋代文人那样放纵——装痴作怪、哭笑无常。他们和官员名士交流，参加诗文酒会，都是一些表现正常的人。所以，从他们生活行为中来认定他们的“怪”是没有道理的，只有到他们的作品中来加以研究。

“扬州八怪”的共同之处在于：他们大多知识阶层出身，虽有人任过小官，但最终都以卖画为生，生活清苦。如金农、罗聘、高凤翰、李鱓、黄慎、郑燮之流，或为布衣，或为卑官，不衫不履，落拓江湖，既非供奉内廷，不受院体之濡染，借画抒发不平之气，各肆其奇，别开生面。他们都注重艺术个性，讲求创新，强调写神，并善于运用水墨写意技法，画面主观感情色彩强烈，并以书法笔意入画，注意诗书画的有机结合。这些因素使得他们能够形成一股强大的艺术潮流，以标新立异的精神给画坛注入生机，并对后世水墨写意画的发展有着重要的影响。

受扬州 18 世纪审美爱好之变的影响，“扬州八怪”大都偏重于花鸟。人们喜闻乐见的画种主要是花鸟、肖像，山水则下降到“无人鉴赏”的地位。反映在市场价格上，便出现了“金人脸，银花卉；要讨饭，画山水”的民谚。既然不能以山水卖钱，山水画反而成为表现画家个人心性的艺术手段，如此一来，山水画就保持了文人的“雅趣”。

具体到黄慎个人，他的“怪”在于：因出身寒素，少年时家境贫苦，一世又以卖画为生，过着“匣有千金砚，囊无一酒钱”的清贫生活。艰苦的流浪生活使他增长知识、开阔眼界、陶冶情操、提高艺术。个人经历和布衣角色决定了黄慎同情弱者的根本立场，他的诗“黄犊恃力，无以为粮；黑鼠何功？安享太仓”“我欲推倒南山化为肉，倾尽东海灌漏口，大铺天下谢寒士”，无不表现对弱者的深切同情，对社会黑暗的深恶痛绝。

黄慎多次画过樵夫、纤夫、渔夫、乞丐等形象，都以真挚淳朴的笔法出之，无不真实感人。曾作《群丐图》，对流落街头的乞丐的苦难生活，作了同情的形象刻画。以《渔翁渔妇图》为例，这幅由南京博物馆收藏的纸本淡设色人物画，长 118. 4 厘米，宽 65.2 厘米，写渔翁妪二人在话家常，又似在商量着卖鱼买米的事。渔翁身背鱼篓，手持一鱼；渔妇头扎布巾，肩负布囊。无背景，画二人相对参差而立，形成高低状，使画面不呆板。基本以水墨写意，仅在渔翁面部和手部略施赭色，人物衣纹用游丝描，勾勒晕染，笔墨放纵，挺拔劲健。渔翁风尘满面，但他的音容笑貌，是那么真实可亲。画上有黄慎自题诗一首："渔翁晒网趁斜阳，渔妇携筐入市场；换得城中盐菜米，其余沽出横塘酒。"打鱼晒网，卖鱼换米，说明作者了解和关情渔民的疾苦，这在"扬州八怪"中也是较突出的一位。

"清贫一世，漂泊半生"的黄慎以布衣终身，是一个心地磊落、恪守高尚情操的人。好友许齐卓这样描述黄慎："山人心地清、天性笃、衣衫褊裢，一切利禄计较，问之茫如。"贯穿黄慎艺术生涯的主线是卖画，由于他在 33 岁至 37 岁期间出游了吴楚、西昌、东粤、金陵等地卖画，此时他的画作大多取材于历史故事与诗文名篇，如取材于《洛神赋》画洛神，取材于《放鹤亭记》画童叟招鹤，取材于《种树郭橐驼传》画郭橐驼。笔者在 2012 年上海宝龙春拍部分精品展览中，有幸目睹过黄慎的真迹《八仙图》，画作以工写结合，用笔设色，十分精细。

黄慎的画，在画面与题句之间，总是讲究一种和谐的美，给人以完整、统一的感觉。黄慎虽然卖画，却是以画寄情，在书画艺术上有更高的追求，不愿流入一般画工的行列。他的学识、经历、艺术修养、深厚功力和立意创新的艺术追求，已不同于一般画工，达到了立意新、构图新、技法新的境界，开创了一代新画风，为中国画的发展立下了不朽的功业。

黄慎宗从老庄道家，道家思想崇尚清心寡欲、返璞归真，向往人格的自由，这些思想在黄慎的画作和诗作中常有所流露。另外，他在待人接物上是“虽担夫竖子持片纸方逡巡不敢出袖者，变欣然为之题署”，而达官贵人出重金求画，并非有求必应。

后世影响

“八怪”的时代距离现在已有二三百年，其流风所及，使得后人常常想寻觅他们的遗迹。然而“扬州八怪”十五家，真正的扬州人只有高翔一人，其他的均为外籍人。他们有的长期定居扬州，有的短期寓居扬州。“八怪”的艺术追求、艺术实践和艺术成就都体现在他们的艺术作品里。只要这些作品还在，我们就能够随时探访他们，同他们的灵魂对话，并从他们身上汲取艺术营养。

黄慎与上官周、华嵒并称为“汀州三杰”，“三杰”的艺术成就各有千秋，但华嵒的人生经历与黄慎有相似之处，也是从闽西卖画到扬州，有一些美术史评专著把华嵒和黄慎同时列入“扬州八怪”。黄慎一生勤奋，声名远播，誉满天下。他的诗直抒胸臆，清新高雅；他的草书“疏影横斜，如枯藤盘结”，苍劲浑厚；他的画融汇百家，独创一格，以狂草笔法入画，开创一代画风。他的人物、山水、花鸟都独具特色，特别是写意人物精神毕肖、气韵生动，是“扬州八怪”中仅有的。因此，时称黄慎诗书画三绝。“山人字与画可数百年物，诗且传之不朽”。

一般认为，黄慎早年曾师从上官周，《听雨轩笔记》就有他“少学画于同郡上官周”的记载。黄慎的人物、花鸟、山水、楼台，都颇得上官周之妙。黄慎见其师画，慨叹道："吾师绝伎难以争名矣，志士当自立以成名，岂肯居人后哉！"黄慎因此废寝忘食，冥思苦想，风格遂变，得以功成名就。后来，上官周见黄慎，称许曰："吾门有黄生，犹右军之后有鲁公也。"上官周的《晚笑堂诗集》有《会瘿瓢山人于绵溪》一首："欣逢细话广陵春，此地芙蓉两度新。得意光阴容易过，趁心佳制不愁贫。黄花开处怀良友，白酒倾时念老亲。仿佛云庵罗处士，碧眸又炯倍精神。"黄慎是不是上官周的入室弟子还需要更多的史料予以考订，但他早期的人物画酷似上官周，作为上官周的私淑弟子是可以肯定的。

马卡丹在《扬州一怪黄慎在四堡》一文中记述：黄慎与连城四堡籍画家马襄友善，时相过从，在四堡留下了丹青墨迹。四堡尚有群众存有黄慎画作，包括山水、人物、花鸟条幅。黄慎晚年回故乡定居，亦曾多次往来于四堡。当时四堡所辖有个留坑村，村中有个牧鸭老倌，一日黄慎道经此地，在老倌处喝水解渴，见群鸭怡然自得，触动雅兴，唰唰几笔，画就一幅《芦鸭图》，活泼天然，送与老倌。老倌求其题款，他一笑，说是题了名后画可就保不住了，这幅没有落款的画就留在了留坑村。据说，这是黄慎一生中唯一未落款的画。

传统的花鸟画的色彩，不外两种基调：一是工笔花鸟，尽可能模仿自然的色彩以求肖实逼真；二是随元人浅绛山水的出现而发展起来的水墨写意花鸟，大都以墨为主，略施浅色力求淡雅，明清时期从沈周、陈淳、徐渭到八大山人、石涛、黄慎，皆是如此。黄慎早年画衣冠像和工笔花鸟，都强调热烈、鲜艳。文人画使他把握了单纯与调和，但并未丢弃民间艺术的强烈。黄慎的花鸟画深受徐渭的影响，徐渭以草书入画，淋漓酣畅，黄慎深得其要。如他的《石榴图》册页，亦书亦画，神韵生动，并以狂草题徐渭句："山深秋老无人摘，自进明珠打雀儿。"

中年黄慎以唐怀素的狂草笔法入画，画风突变为泼辣潇洒的大写意格调，气势磅礴，神韵生动，特别是以狂草法所作的写意人物，为人物画开辟了新路。郑燮有诗评其画风："爱看古庙破苔痕，惯写荒崖乱树根，画到精神飘没处，更无真相有真魂。"他那疾速阔笔大写意的画风，与飞动狂劲的草书，相映成趣，和谐统一，并常题自撰的诗句，真不愧为诗书画"三绝"。"艳不娇妖"的审美追求，使黄慎的画在设色技巧上达到了雅俗共赏的境界。乾隆三十三年（1768 年），他已达 81 岁高龄，仍挥毫写花卉册。

四王山水多用大小披麻皴作重峦叠嶂，空山无人，有清逸幽邃之趣，但多模仿宋元名画，久而久之，造成画人专事粉本临摹，脱离生活现实，千篇一律，陈陈相因。但黄慎所作山水画，一反四王积习，不用披麻皴，多用云头皴、折带皴、鱼鳞皴，或自成皴法，写赣江、长江、闽江等，皆所历山水实景。如《赣滩叠翠图》《眺燕子矶图》《大姑山小姑湾图》《九龙纤舟图》和闽南泉州的《万安桥》等。

在"扬州八怪"中，黄慎的门生是最多的，可以查考的有李乔、罗询、巫逊玉、陈汝舟、伍君辅、刘非池、张试可、吴馨、李苍林、廖淑南等人。客观地说，黄慎的伪作也部分出自这些门人之手。黄慎的画风对闽中画坛影响深远，特别是人物画。如嘉道间的诏安画派诸名家，台湾的林觉，近现代的"仙游二李"，当代的沈在召等，都继承其技法或有所创新发展。黄慎的画有独特风格，因而被誉为"闽派"的开创者。仙游画派创始人李耕，徐悲鸿赞其画"挥毫恣肆，可以追踪瘿瓢"。笔者在拍卖行目睹过李耕的设色纸本立轴《羲之爱鹅》，就颇有黄慎人物画的神韵。

李泽厚在《美的历程》中认为："在绘画领域却并非批判现

实主义，而仍然是感伤主义的进一步发展，这就是以扬州八怪为代表的花鸟绘画。出现在乾嘉盛世的这个江南画派，上承朱耷、石涛（以及可追溯到明代的徐渭）的传统。时代的感伤、愤慨是逐渐没有或褪色了，但更突出了个性。他们各以其独特的笔墨、构图、色彩、形象，或粗豪放浪、或精工柔美，把中国画推到了一个接近近代的新阶段。与当时弃贴学、崇北碑的书法风气有关，讲求锋芒、遒劲、古拙，通过异常简略的形象表达出异常强烈的个性感受，笔情墨趣成了绘画的核心，它不完全脱离现实形象，却又大大超越于它，而使笔墨本身及其配列组合具有独立的审美意义。”

“扬州八怪”的作品是唤起审美感情的“有意味的形式”，而不在描绘的对象。英国著名艺术心理学家贡布里希在他的《艺术与错觉》中说：“艺术家的倾向是看到他要表现的东西，而不是画他所看到的东西。”“扬州八怪”的画作在具象再现中却充满抽象意味，在现代中外都被喜爱，并一直有着发展。郑燮、黄慎、金冬心、李复堂、罗两峰等人直接为晚清和现代画家从任伯年、吴昌硕到齐白石、潘天寿、刘海粟开辟了道路。可以说是上述明代浪漫主义、明清之际感伤主义在清代的余波。引导造型的思路并非逻辑，而是本能和直觉，还有那种探索与创造欲的激情。这是一种合规律性的艺术潮流的发展，有深刻的社会和思想的内在必然，绝不是黄慎个人的偶然现象。正如爱因斯坦所言：“一切方法的背后，如果没有一种生气勃勃的精神，它们到头，只不过是笨拙的工具。”扬州八怪集体地体现出、反射出封建末世的情绪，反映出封建时代已经外强中干，是艺术家对自由、个性、解放的憧憬。这种憧憬到鸦片战争前后，从龚自珍到苏曼殊，就逐渐地显明出来。

一个画家的生平经历和所处的时代背景，往往决定了他的艺术风格和后世影响，这是四位一体的话题，笔者只是为了行文方便才作如是分析。笔者作为闽西客家子弟，“卖文”到繁华的厦门特区，在研读有关黄慎的文献时，便产生一种“物以类聚，人以群分”的亲切感。无疑的，黄慎的创作思想与艺术技巧对中国近现代画坛产生了深远影响。和其他“八怪”画家的作品一样，黄慎的作品中不乏一些应景之作，但是瑕不掩瑜，一个铁一样的事实是：

“扬州八怪”的崛起使清代中期的中国画坛迸发出耀眼的光芒，而论及“八闽老画师”黄慎，便会以其独特的艺术风貌突兀于中国美术界。

参考文献

李泽厚 . 美的历程 [M]. 北京：中国社会科学出版社，1989.

邵洛羊主编 . 十大画家 [M]. 上海：上海古籍出版社，1990.

刘善群主编 . 宁化县志 [M]. 福州：福建人民出版社，1992.

林虞生编著 . 人物画 [M]. 上海：上海古籍出版社，1996.

徐怀谦编著 . 字画 [M]. 沈阳：辽宁教育出版社，1997.

黄慎 . 黄慎书画集 [M]. 北京：人民美术出版社，1999.

张恩庭编著 . 宁化客家人物 [M]. 北京：中国华侨出版社，2000.

韦明铧 . 二十四桥明月夜：扬州 [M]. 上海：上海古籍出版社，2000.

梁桂元 . 闽画史稿 [M]. 天津：天津人民美术出版社，2001.

冯秀珍 . 客家文化大观：中册 [M]. 北京：经济日报出版社，2003.

张邦兴 . 中外美术简史 [M]. 北京：中国文联出版社，2005.

阮荣春主编 . 中国绘画通论 [M]. 南京：南京大学出版社，

2005.

陈师曾 . 中国绘画史 [M]. 北京：中国人民大学出版社，2007.

徐妍 . 大清历史新闻：雍正卷 [M]. 郑州：中州古籍出版社，2008.

俞剑华 . 中国绘画史 [M]. 南京：东南大学出版社，2009.

潘天寿 . 中国绘画史 [M]. 北京：团结出版社，2009.

郑昶 . 中国美术史 [M]. 北京：团结出版社，2009.

三明市政协编 . 三明古民居 [M]. 福州：福建教育出版社，2009.

陈志忠主编 . 三明侨报 20 周年：客家集 [M]. 三明：三明侨报社，2009.

朱正海主编 . 盐商与扬州 [M]. 南京：江苏古籍出版社，2001.

《学习时报》编辑部编 . 落日的辉煌 [M]. 北京：中共中央党校出版社，2001.

欧阳云编 . 扬州八怪绘画艺术读解与鉴赏 [M]. 西安：陕西人民美术出版社，2010.

叶子 . 中国历代画家简明图表 [M]. 上海：上海人民美术出版社，2010.

赵国庆，易东升编 . 中国历代绘画名家作品精选系列：黄慎 [M]. 郑州：河南美术出版社，2011.

曾耀东，傅德露，高晓斌等主编 . 闽西客家大典 [M]. 福州：海风出版社，2011.

黄慎著，陈连琪主编 . 中国画大师经典系列丛书：黄慎 [M]. 北京：中国书店出版社，2011 年 .

（原载《美术界》2013 年第 4 期）

海峡两岸的河洛（闽南）方言

——为闽西文学院笔会而作

中国文化自北而南。魏晋南北朝时期，由于战乱，迫使大批汉人不得不自中原地带向遥远的南方迁移。唐朝武则天时，大批汉人随陈元光征闽，落籍于福建南部漳州，唐垂拱二年（686年）陈元光首任漳州刺史。公元906年，唐末唐昭宗封王审知为琅玡王，后梁又封他为闽王。前后来福建的陈元光、王审知均是河南光州人，随他们而来闽南的汉人很自然地把古代汉语和中原当时的先进文化带来。陈元光到漳州，重垦荒、兴水利，推广中原先进农业技术，改变刀耕火种的做法，使漳州地区日渐繁荣，后人尊为“开漳圣王”。王审知不仅鼓励垦荒，倡修水利，还兴办学校，积极发展海外贸易，颇有功绩，后世誉称“开闽王”。

语言是文化区域形成的重要标志，在文化活动中扮演着重要的角色。福建与台湾文化区域的形成与发展，首先体现在语言的认同上。闽南人大多数来自中原河南东南部，被称为河洛人。河洛是黄河与洛水的并称。台湾多数人是从闽南去的，所以在台湾，称闽南话为河洛话或福佬话。台湾的主要方言有：

闽南语：台湾方言以闽南语为主。台湾的台北、台中、台南、高雄、桃园、苗栗、基隆、南投、屏东、彰化、花莲、嘉义、宜兰、云林、台东、新竹、澎湖等绝大部分的地区使用闽南语。使用人口近 2000 万人。

客家话：客家话也是台湾的重要语言之一，台湾的客家话主要为四县客话及海陆客话两大方言，此外，也有使用人数较少的大埔客话、诏安客话以及饶平客话。客家话人口分布在 19 个县市（非纯客住县）：高雄市、台中县、台中市、台北市、桃园县、新竹县、苗栗县、屏东县、彰化县、花莲县、台北县、台南县、南投县、云林县、嘉义县、台东县、宜兰县等，使用总人口数约 460 万人。

台湾高山族各族群均有本民族语言，每一族与另一族都不一样，但都没有自己的文字。部分族群的语言还属于马来语系。经过普及教育之后，高山族的青少年一般都能说普通话。

闽南方言与客家方言不相同的原因，在于历史文化演变的时间差。客家人大批向南迁徙是从南宋（1127—1279）开始，直到明朝中叶，始稍休歇。也就是说，讲闽南方言的中原人和讲客家方言的中原人南移的时间相隔 500 年。在这漫长的时间里，辽朝、金朝、元朝统治过中原，各种文化、语言自然而然地发生分化。但是，本着发生学的观点，根据历史比较的方法，闽南方言与客家方言的两种方言乃是同根生，相去并不远。

闽台方言中，闽东和闽南的方言虽然有差异，但均属河洛话的系统。根据已故厦门大学黄典诚教授的研究，河洛话的语音系统与隋朝陆法言《切韵》基本一致，保留了中古时期河洛故国的语音，虽然河南的西部、中部、南部以及西南部也保留了部分河洛故国的语音，但都没有河南东南部的固始保留得完整，而且与山川阻隔的闽台方言有着惊人的相似之处。因比，《切韵》中反映的河洛古音，从某种程度上说，就像“活化石”一样保留在了固始和闽台方言中。

闽南语的广泛使用，是福建与台湾人民在开垦与移居台湾的历史过程中逐渐形成的。一种方言形成是全民语言的地域变体，体现着一个区域文化的稳定性和同质性。根据1986年泉州历史文化中心出版的《泉南文化》第二期上说："闽南方言系来源于六朝雅言——河洛话。该书除了在《泉州话与六朝雅言》说明泉州话（即闽南话）在语言、词汇，乃至语法方面都直接继承了六朝（东吴、东晋、宋、齐、梁、陈，约222—589）时中州一带的河洛官话"，又在六朝雅言的名词解释上说："闽南话的形成是与汉人及汉语入闽的历史不可分的。从考古遗物看，中原河洛人入闽的时间，可以追溯到先秦时代，而中原汉人大规模迁移入闽，则是西晋末年'永嘉之乱'后。随着大批中原河洛人的入闽，河洛汉语也被带了进来，为闽南话的形成奠定了基础。故闽南话又有河洛话之称。"

据光绪二十九年（1903年），台湾第一次人口调查资料记载，全台总计303.75万人（未记山地户口），如果按语种来区分，主要分为闽南语、客家语、番语三种，其中属于闽南方言的有230万人。据1926年日本殖民者对台湾人口的祖籍调查结果显示：在台湾的3751600人中，祖籍地来自福建、广东两省籍的占98.7%，其他省份只占1.3%。从福建、广东两省籍的情况来看，福建籍人占绝对优势，共3114000人，占83.1%；广东籍人586300人，仅占15.6%。在占台湾人口总数83.1%的福建籍移民中，80%来自泉州和漳州，若再加上属闽南语系的永春、龙岩及潮州府，当时台湾讲闽南方言的人口约占台湾总人口的83.87%。许多讲客家方言、高山族语及其他汉语方言的台湾人都粗通闽南语，故而闽南语成为台湾通语。正是从这个意义上，人们习惯把台湾闽南方言称为"台湾话"，闽南方言为闽台之间的经济文化交流提供了便利的条件。

从语言学角度看，闽南本土和台湾的闽南语不论在语法规则，还是在外部的文化特征上都极为接近，二者都保存了较多古汉语音和古词汇。从语音系统看，台湾闽南语和本土闽南语几乎没有差别，声母都是15个，声调8种，和厦门腔极为相近。当然，由于闽南移民籍贯有厦门、泉州、漳州之分，台湾岛内的闽南话也有厦门、泉州、漳州腔之别。北部的台北、基隆、鹿港和淡水一带，南部高雄至恒春沿海一线主要通行泉州腔；而西部台南、台中和东部新城、花莲一代泉州腔和漳州腔交错分布，所讲的闽南话也像厦门腔那样综合着泉、漳两种口音。

汉语方言的形成跟人口的迁徙有着重要的关系，福建闽南话与台湾闽南话的关系，源于闽南地区大批移民带着祖籍地闽南话和闽南文化迁徙入台扎根的历史，通过有关谱牒的对比说明，绝大多数的台湾人民与福建闽南地区的人民是同祖同宗同源的。从语音、词汇和语法各方面来看，源于福建的闽南话流播到台湾形成台湾闽南话后，在台湾特定的社会和历史条件下形成了“漳泉滥”的特点，但与福建闽南话仍有90%以上是相同的，差异点只有10%左右。也就是说，台湾闽南话与福建闽南话之间的共同点，大大超过了它们之间的差异点。当然，福建闽南地区的厦门、泉州、漳州三地闽南话之间的共同点与差异点也在90%与10%左右。跟流播至广东潮汕地区、雷州半岛地区以及海南省的闽南话相比，台湾闽南话跟福建闽南地区的闽南话最接近，两岸百姓用闽南话通话并无障碍，台湾话所有的韵母都没有超出本土闽南话的范围。这种现象的出现，既与闽南方言的文化类型特征、闽台共同文化心理现象有关，也同台湾人口籍贯结构、地理环境、文化背景以及移民后裔顽强保留母语的文化传承力量有关。

闽南方言强大的生命力，加之闽南与台湾人富有开拓精神和闽南与台湾文化传统所秉承的开放性，使得闽南方言随着闽南人的海上播迁而广为扩散。闽南方言不仅从本土扩散至其他省区，而且远播到东南亚各国。闽南方言的扩散性还表现在向后到者普及和为相邻者接受。一些进入闽南方言区内生活、工作的外地人，大都接受了闽南话，尤其他们的第二代更为突出。在台湾虽然也有一些客家方言区，但大多数客家人兼通闽南话。在东南亚各国的各种汉语方言人杂居地，往往是客家人和广东人兼通闽南话的人比闽南人兼通粤语或客家话的人多。

闽南方言能长时间存在并发展，那是因为闽南与台湾文化心理现象有许多共同的特征，最为重要的是，这种文化有特别强烈的乡族故土观念。深厚的乡族故土观念是求同性文化的突出特征，保持乡音又是此种观念的重要表现。许多从闽南迁至台湾或到东南亚的姓氏家族，总要顽强地保留自己的母语。虽然已经传至了十几代数百年，但移民的子孙们仍旧在语言中保存了本土乡音和祖籍地俚俗语。这种顽强保留母语的力量来自对故土的眷恋，对乡情的珍惜，以及对祖宗的爱戴和对祖先所创造文化的自豪感。同时，也是由于人们外出谋生的艰辛，共同的方言成为沟通感情、协同团结的重要工具。

（原载《中国闽西文学院院刊》创刊号，2012 年 12 月）

胡文虎与南洋客属侨团

——为世界客属第26届恳亲大会而作

早期的南洋，客家人相互之间的认同并不明确，虽然身上带有许多共同的文化特征，但没有形成共同的客家意识。在广东客家记载中，“客家”是非“客家人”对广东其他方言群的称呼，而且记载大部分是负面的。如明朝崇祯（1639年）《东莞县志》称客家人为“獠”，在许多地方志中客家人还经常被称为“匪”。到1907年，顺德著名诗人黄节在编著《广东乡土地理教科书》时，仍然将客家划出“汉种”之外。

因此，在20世纪初的南洋，即使存在一些以地缘为纽带的同乡会组织，诸如“丰（顺）永（定）大（埔）公司”“惠州会馆”“永定会馆”等，但组织规模小，活动少，“精神涣散，自我观念，地方色彩”严重。

随着中国大陆同胞纷纷南来，在日益增多的华侨人数中，分布在东南亚各国的客属同乡也占有相当大的比例。原来以地缘为纽带的同乡会组织，已不能满足联络感情、共谋发展的目的。而此时南洋华侨社会中客籍人士创业有成者也纷纷涌现，在这种情况下，广泛地团结各地客属同乡建立客属社会组织、维护同乡的合法权益、影响殖民当局的政策，不仅成为旅居南洋客属人士的共同愿望，而且具备了客观条件。

胡文虎念念不忘自己的客家人身份，牢记“宁卖祖宗田，莫忘祖宗言；宁卖祖宗坑，莫忘祖宗声”的古训。20世纪初，当胡文虎到新加坡、中国香港等地开拓永安堂业务时，就积极参与当地的民间社团活动。作为商人，胡文虎毫无例外地把这些社会活动纳入他的工商实业之中。在激烈的商业竞争中，胡文虎深知要使企业获得广阔的发展空间，有必要借助于这些华侨民间社团。然而，作为“以社之财，还诸社会”的爱国主义者，胡文虎又决然地背弃了唯利是图的商人习性，一掷千金地资助客属总会，从而展现出胡氏独特的客家情怀与文化意识。

浓烈的客家情怀使胡文虎个人保持客家人的行事风格，他执着于海外客家人运动，力图使海外客家人能有共同认识。胡文虎开始从事南洋侨务，是从参加新加坡永定会馆开始的。当时旅居新加坡的永定同侨虽然日渐增多，但彼此接触却很少，主要因为缺少交往的机会。为了联络乡情，共谋发展，大家觉得有必要在当地组建同乡会，这便是旅新永定同乡会成立的缘起。

1916年12月26日，旅新水定同乡召开大会，决定建立水定会馆，选购尼律的店屋为会所。1918年正式成立了水定会馆，并组成董事会，成为东南亚第一个水定同乡会。由于新加坡在东南亚地区所具有的商业中心地理位置，永定会馆一开始便具有了东南亚总会馆的性质。永定会馆自成立之日起，就不断地从东南亚各地推选代表为协理员，负责所在国家或地区的联络同乡的具体事务。胡文虎也被推选为仰光五位协理员之一，从此他开始了南洋的侨务工作。

1918年11月25日，胡文虎发起并带头捐助巨款，以永定会馆的名义，在仰光购得房屋一座作为会馆馆所。1919年12

月 19 日，他又耗资 28000 元缅币，建起了一座高四层的永定会馆。

1923 年春，汤湘霖等人在新加坡倡议组建客属总会，以增进客家人的团结。这项建议得到了当地客属同胞的热烈响应，并由应和会馆与丰永大公司发起，召集茶阳、水定、丰顺、惠州、三和、上杭等八个客属会馆的代表，决定成立“客属总会”，并在应和会馆设立了筹备处。

胡文虎在新加坡拓展业务时，正值陈嘉庚出任怡和轩俱乐部总理之际。怡和轩俱乐部在当地华侨组织中颇有影响，就连殖民政府也不敢怠慢。怡和轩在陈嘉庚的锐意改革下，一扫过去封建帮派的旧习，广泛吸收各界成员加入，使怡和轩在新马华侨界具有强大的凝聚力和感召力。胡文虎初来新加坡，因仰慕陈嘉庚也加入了怡和轩俱乐部。1927 年，怡和轩在武吉巴梭建设新舍，胡文虎捐资最多，并赠以多件家私，受到俱乐部同人的高度赞扬。从此，胡文虎也在南侨社会中逐渐崭露头角，并在国内也有了一定的影响。

胡文虎在香港积极开展与支持崇正总会工作的同时，又在新加坡筹建客属总会。他和汤湘霖、梁谷欣、邓振卿等筹集资金，在柏城街购地 733 平方米以建会馆。1928 年冬，会馆竣工。次年秋，新加坡客属总会成立。在新加坡客属总会筹建过程中，胡文虎捐资万金建会馆，又捐 10 多万元为该会的经常费用，他被推为第一任会长，汤湘霖、蓝禹甸为副会长。在成立大会上，胡文虎大声疾呼：“天下客属本一家，都是同声同气同风同俗，实在不该因畛域的区别而疏远。”

胡文虎希望客属侨胞同心协力，加强团结，共谋发展。对于这些主张，胡文虎更是率先垂范身体力行。不管是福建的，还是广东的，或别的地方的客家乡亲，胡文虎都一视同仁，从不拉帮结派。

胡文虎担任会长期间，积极发展会务。他十分注意吸收新马华侨客属的侨领为骨干成员，并定期举行会训，商讨会务工作，以便把新马客属侨界的优秀人物聚集在自己周围，在南侨社会中打下坚实的基础。同时通过客属总会，胡文虎与海峡殖民政府——华民政务司署也建立了广泛的联系，并出任“华人参事局”参事。

对于新加坡其他的华侨社团，胡氏一概有求必应，给予资助。1930年、1932年，胡氏先后为该会捐资数千元，并捐建大厅一座，充当会所。正是胡文虎的仁风义举，不仅获得了客属各阶层侨胞的拥护，密切了客属总会与新马各社团的关系，而且使胡文虎跻身于南洋华侨领袖之列。

1935年，在新加坡客属总会的选举中，胡文虎再次蝉联会长，梁盛南、杨溢遴为副会长。由于胡文虎是香港崇正总会的创始人之一，又长期担任新加坡客属总会会长，他便利用这个难得的机会把两个客属总会联成一个整体，长期奔波于南洋、香港，为两大客家社团的联络与沟通起了重要作用，使之成为团结海外客属侨胞的中心机构，让海外客家乡亲有了自己的归属。

1937年秋，胡文虎派员遍历全马，推动组织各地客属公会，积极扩大总会组织。1938年1月14日，槟城客属公会筹备会成立，主席戴淑原宣布：“总会长胡文虎先生，为各地客属同侨一致团结，在抗战期间努力救亡筹赈，特倡导组织各地分会。”

接着南洋各地客属公会纷纷成立，历时一年，共建53个，分布于马来亚、印尼、越南、缅甸等地，凡筹备费不足者，胡文虎慷慨赠以巨金，如槟城客属公会，胡文虎先后以其弟和其妻名义捐3万元。以后，侨胞捐款数字逐月逐年上升，为抗战做出巨大贡献。

1938年底，为适应抗战形势，又建立了以胡文虎为会长的南洋客属总会救济难民会，积极开展抗日救国运动。1939年8月23日，新加坡举行南洋客属总会10周年纪念大会，24日至27日举行南洋各地客属公会代表暨筹赈祖国难民游艺大会。大会发表《告同胞书》及《筹赈祖国难民宣言》，号召：

“要以团结的精神，一致的动作，在有钱出钱、有力出力原则下，表现客属人士抗战救亡的热情。”

大会期间，胡文虎捐国币10万元购游艺会名誉券一张。在他的带动下，各公会代表踊跃献金及购游艺会券，共得国币30万元，首创马来亚各侨团单独为国筹款的纪录。

1939年秋，胡文虎被推选为香港崇正总会第十届会长。他在主持崇正会期间，悉心推进会务投资义学、救助难民、募集公债、筹划会员互助等。当时香港的许多客家人的子女无钱入学，崇正总会就设立多所义学，实行免费教育。

随着抗日战争的发展，胡文虎领导的南洋客属总会与陈嘉庚领导的南洋华侨总会还时常开展捐物捐款支援祖国抗战的竞赛，两个华人民间社团源源不断地向国内输钱输物，支援祖国抗战。从“七七事变”到新马沦陷的5年间，胡文虎作为南洋客属总会的会长，为扩建各地分会，团结东南亚同胞，捐资抗战做出了突出的贡献。胡文虎为客属总会会务的发展奠定了坚实的基础，使得新加坡与香港等地客属团体在战争一结束，很快就恢复了会务活动。

南洋客属除组织抗日团体和在财力、物力上支援抗战外，由于胡文虎报业集团的大力宣传，许多客属人士为拯救民族危亡而放弃优越的工作、学习、生活环境，回国请缨杀敌，梅县籍周辉甫率领的华侨抗日大刀队便是其中之一。除此以外，还有活跃在抗日前线和敌后的华侨服务团，以及运送伤兵的华侨救护队，在滇缅公路上抢运抗战物资的华侨机工，驾驶战鹰在祖国领空与日军作战的飞行员等。如来自新加坡的“华侨回乡服务团”“星洲华侨战时服务团”、印尼的“华侨救护队”、马来亚的“东江华侨回乡服务团”“西北华侨服务团”等，都是由客属侨团参与或选派的。

1941 年 12 月，太平洋战争爆发后，香港惨遭战祸，崇正会的会务也受阻。战争中，会所被英军当作防空器材堆放处，所以成了日军的主要攻击目标，会所楼下礼堂、二楼、三楼都中弹受损。

香港沦陷后，会务停顿，总会存款也被日军冻结，时任会长的胡文虎就自拨经费，修葺会所。胡文虎在危难关头维护总会，使会馆免遭蹂躏，在崇正会发展史上立下了汗马功劳。“香港重光，会馆无恙。是则总会之有今日、其支持维系，胡文虎先生之力独钜也。”由于胡文虎的鼎力支持，抗战胜利后，香港崇正总会迅速全面恢复了会务工作。

1950 年，在香港崇正会第十三届理事会上，胡文虎再次当选为理事长。在此期间，罗香林教授在香港中文大学任教，胡文虎通过崇正会全力资助罗香林的客家学研究活动，拨出专款 3 万元作为研究经费，让罗香林教授进行客家学源流的历史研究，完成其客家学的奠基之作《客家源流考》。胡文虎当年的那笔钱相当于现在的千万元以上。之后，胡文虎再次高薪聘请罗香林撰写《崇正总会三十周年纪念特刊》。由于得到了胡文虎经济上的支助，罗香林的客家学研究才形成科学的体系，从而使客家文化得以发扬光大。这些学术活动，都是建立在胡文虎奠定的坚实的经济基础之上的。

在客家人独立的族群意识中，客家精神的宣传和自豪感的培养也成为胡文虎十分重视的内容，他在《崇正总会三十周年纪念特刊》上，亲自撰写专文详细分析客家精神，以刻苦耐劳之精神、刚强弘毅之精神、劬勤创业之精神、团结奋斗之精神为主体，希望通过这些精神将客家族群凝聚在一起。

胡文虎的过人之处在于，推动客家人的爱国情怀，把客家精神延伸为民族观念、国家观念。胡文虎认为，客家精神的发扬光大，就是民族精神的发展，就是他一直强调的："苟化此精神而光大之，其有裨于我中华民族之发展者正无穷也。"

20 世纪 50 年代后，随着东南亚各国先后独立，上述客属总会与各分会的统属关系也变为平等的兄弟关系，分会已改称公会。直到今天，这些分布于东南亚各地的公会仍在各自所属的国度里进行着正常的会务活动，成为联络当地同乡感情、传递家乡信息、支援桑梓建设的核心组织。所有这一切，都与胡文虎生前的努力与贡献分不开。

1982 年，香港崇正总会举行 60 周年会庆，邀请各国客属侨团参加，新加坡客属总会会长卓济民在庆祝大会上说："论历史，香港崇正总会是新加坡客属总会的老大哥；论关系，双方有如兄弟的情谊。因为两地的总会创办初期都是得到先贤胡文虎先生的大力资助而建立起来的。因此我们两会的关系素来非常密切而友好。"可见海外客家人至今对胡文虎的怀念。

进入 21 世纪后，有客家人聚居的地方几乎都有客家社团，而随着客家华侨社会转变为客家华人社会，客家人没有被同化，主要是一些客家精神继承了胡文虎等先贤的思想，以"崇正"或"客家""客属"为认同标志，以客家精神为号召，团结客家人，并且互相之间发生文化上的联络、形成世界客家人联谊的网络和客家文化的世界性认同。在继续强调客家精神的同时，不以客家精神为终点，不是就客家而客家，而是在新的世界格局下，灵活转换客家精神的实践功能。

（选自《世界客属第 26 届恳亲大会国际客家文化学术研讨会论文集》）

参考文献

罗香林．胡文虎先生传 [J]. 东南亚学报，1965，1（1）.

罗铁贤．关于胡文虎先生的片段资料 [J]. 永定文史资料，1982.

张惟．胡文虎评传 [J]. 西方志通讯，1984，1（1）.

佚名．虎过山林寂 [N]. 新加坡：联合早报，1984–05–29.

康吉父．胡文虎传 [M]. 香港龙门文化事业有限公司，1984.

沈立新．海外华侨与淞沪抗战 [J]. 学术月刊，1985.

李金荣，陈惠芳．抗战中的爱国侨领胡文虎 [J]. 历史与档案，1985.

胡尚增．我的叔父胡文虎创业记 [J]. 福州文史资料，1985.

龙岩师专学报编辑部，龙岩师专胡文虎研究室编．胡文虎研究：第一辑 [J]. 龙岩师专学报（增刊），1985–07.

龙岩师专学报编辑部，龙岩师专胡文虎研究室编．胡文虎研究：第二辑 [J]. 龙岩师专学报（增刊），1987–04.

龙岩师专学报编辑部，龙岩师专胡文虎研究室编．胡文虎研究：第三辑 [J]. 龙岩师专学报（增刊），1988–08.

张佑周．胡文虎的成功与悲剧 [J]. 客家史与客家人研究，1989.

禹贤．胡文虎与新加坡南洋客属总会 [J]. 永定文史资料，1989.

郑揆一．胡文虎先生二三事 [J]. 华人月刊，1992.

李逢蕊，王东 . 胡文虎评传 [J]. 历史教学问题（专刊），1992－07.

佚名 . 永定县纪念胡文虎先生诞辰 110 周年会议发言材料汇编 [Z]. 龙岩：[出版者不详]，1992－09.

佚名 . 胡文虎专辑 [J]. 闽西史志，1993（1）.

王树彬，蒋国华 . 胡文虎及其家庭 [M]. 厦门：厦门大学出版社，1993.

吴尔芬，张侃 . 商业巨子胡文虎 [M]. 北京：当代中国出版社，2005.

问与答

张胜友访谈：我们处在一个出大作家的时代

——为中国作家协会闽西冠豸山文学创作基地正式挂牌而作

张胜友是我们闽西客家人，毕业于复旦大学中文系，现为中国作家协会书记处书记、主席团成员。他创作的影视政论片《十年潮》《历史的抉择》使他声名大振，他从而被誉为改革派作家。张胜友与人合作的报告文学《世界大串连》《东方大爆炸》引起了文艺界的广泛注意和读者的普遍好评。张胜友出任作家出版社社长兼总编以后，使文学精品工程的实施和经济效益同步上升，他成为中国商界名流。这一次，张胜友作为“中国作家协会闽西冠豸山文学创作基地”揭牌仪式暨闽西采风团副团长来到了冠豸山，对连城的旅游业开发和创作基地建设有许多精辟的论断。为此，基地秘书长吴尔芬就读者关心的问题采访了张胜友先生。

吴：中国作家协会闽西冠豸山文学创作基地终于建立起来了，由于它是福建第一家，我们在管理上没有经验。作为基地秘书长，我主要承担的是接待任务，深感“压力山大”。您认为这个基地应该如何运作更有效果和影响、更能达到文化促旅游的目的？

张：中国作家协会在冠豸山建立文学创作生活基地有两方面

的意义，一方面，为全国的作家提供一个来冠豸山采风、了解连城文化和客家风土人情的便利条件和场所；另一方面，基地可以吸引全国的作家分批来冠豸山采风和创作，把连城的改革开放成果、客家文化和冠豸山水通过作家的笔介绍出去，从而提高冠豸山的知名度。旅游业的发展首先是提高景区知名度，所谓慕名而来，我们说名山大川，靠的就是一个名。冠豸山当然有名山大川的潜质，以前“养在深闺人未识”，要让天下人知道它、了解它，除了你们自己做宣传，通过文人作家的笔去宣扬它，是很便捷的途径。我们的创作基地除了接待作家来写作，跟外地作家的交流也可以带动本地创作的繁荣和发展，可以带动一批当地作家的成长。基地实际上是增加了连城同外界沟通的管道，从总体上说是互相交叉的、互为补充的。如果冠豸山的知名度扩大了，对连城旅游业的发展和促进是不言而喻的。

吴：连城的文学以作者队伍之众、出版专著之丰、发表作品之广被文坛誉为连城现象。现在面临的问题是，由于地方的闭塞，作品的现代感、作者的开放意识受到限制。我们提出要创建中国文学强县，我的理解不但是作者队伍的庞大和作品的众多，而且要出全国一流的人才和大作品。您认为我们今后的路该怎么走？

张：连城要创建中国文学强县，这个愿望是美好的，也是可贵的，因为如果真正能够成为文学强县，当然能够促进旅游的发展，从而促进经济的繁荣和社会的进步。所谓文学强县，首先要有队伍。连城拥有比较多的文学青年和作者，这跟客家地区源远流长的文化土壤是密切相关的。在一定数量的基础上，就要产生质量，要出精品、出人才、出优秀作家，这是问题的根本。政府提倡、领导重视，政策上给予一定的鼓励和支持，包括提供一定的物质保障，这是很重要的。但是，更重要的是作家个人对生活的理解，写作是作家对生活的感应和对生活的把握，这一点非常重要。我认为，我们所处的时代是出大作家的时代，是产生大作品的时代。我们回过头去看二十年来我们的国家所发生的变化，它的深刻性、它的广度和深度都是空前的。这种变化不仅是经济总量的增长，而且人的思维方式、思想观念和行为规范都发生了质的飞跃。我们的改革就是与传统思想的决裂、对传统的观念的反抗，与原来的经济模式、思维模式、生活模式和一切不适应现代化生活要求的东西决裂。作为一个作家，能不能把握这种生活，把准这种时代的脉搏是非常重要的。

连城虽然相对封闭、相对偏僻，但也是在时代的包围之下。在中国这种大变革的洪流之中，连城当地二十年的变化也是天翻地覆的（我们文学还不仅写这二十年，可以往前推到中华人民共和国成立五十年、推到马上要过去的一个世纪，都没有脱离开中华民族的变革背景），一个连城的作者就看能不能以这种眼光去把握生活，如果没有这种眼光，当然不可能写出深刻的作品。连城有自己的文化底蕴、有自己的民情风俗、有自己的生活方式，如果作者既把握了时代的准则，又写出连城的特色，那么就有可能出现上乘的作品。建立文学创作生活基地以后，连城作者可以更多地跟外界沟通、跟全国各地的作家沟通，大家可以优势互补，不断地丰富自己、提高自己。如果是小说创作，不在北京也可以写出大作品，因为我们已经进入信息时代，北京看得到的新闻，全国各地都可以看得到。人们可以通过电视、广播、报刊和书籍等传媒，同时了解中国发生的事，甚至同一时间了解世界发生的新闻。这一点不像农业社会那样封闭：你在文化中心得到的信息就很多，我在乡村山野得到的信息就很少，现代传媒、高科技的发展，已经打破了这种界限。所以，连城的作者关键是自己的思想修养和文学修养的提高。

吴：在闽西，我们感觉到客家文化非常热，各种论坛、恳亲会、公祭活动纷至沓来，许多大学都成立了客家学研究机构。客家学已然成为显学，那么客家文化在整个中国文化结构中的地位如何？

张：所谓客家文化，它的源头是中原文化，也就是我们中华民族的传统文化。客家是中原南迁的民系，客家人把中原的文化带到了祖国的西南边陲，由于吸收了当地的文化，所以对中原文化又是一种丰富和发展。客家文化的概念是很广泛的，研究客家文化当然很有意义，客家人通过几百年的迁移、几百年的开拓，确实有一些不平常的东西。研究客家文化就是追踪客家祖先奋进的足迹，最后达到发扬光大的目的，推进我们现代化事业的发展。在客家地区研究客家文化很热，是一定的，在北方听到的声音就小得多，这是正常的。我们要研究的东西很多，因为生活的节奏在加快，新鲜的信息像潮水一样涌来，计算机等高科技的掀起，以及我们国家正在汇入世界经济一体化，我们还要面对许多未知的领域，所以客家文化不可能在全国热。有专家学者去研究客家文化，是必要的，但是，大量的人去参与客家文化的研究，是不必要的，也是不可能的。

吴：有太阳的地方就有客家人，全球客家人的人口已经超过一亿。客家文化博大精深，客家人勤劳杰出，为什么没有出现以客家文化为背景的重大作品？

张：客家聚集地在南方，南方山川秀丽、气候温和，可以产生比较好的散文和诗歌，就是没有产生很好的小说，然而小说在文学创作中的地位是相当重要的。我们的客家文化里面还没有产生具有代表性的作品，实际上是没有产生表现客家人的历史和奋斗的长篇记叙。客家文学在整个文学体系里面没有相应的地位，我们也没有出现这方面的优秀作家。我没有研究这方面的问题，三言两语说不清楚。

吴： 四堡雕版印刷“垄断江南，行销全国，远播海外”，是中国雕版印刷业的活化石，也是震惊中外的文化奇迹。这次作家代表团对四堡雕版印刷表现出浓厚的兴趣，您认为这种文化遗产应该如何开发，使之成为旅游资源？

张： 四堡的雕版印刷让参观的作家们非常震撼，不知道在祖国的南边陲、福建的西南部、偏僻的连城山区，几百年前的明清时期曾经是雕版印刷基地，那种规模和时间的久远都让作家们惊讶。这是一块文化瑰宝，确实是非常了不起，它的文化价值、文献价值、历史价值都是不可估量的。作为政府，当然有义务和责任要保护好这一批文物，建博物馆收藏、把原先的村落进行复原等等。

五六百年前，这里的雕版印刷基地，曾经控制、垄断了南方的图书市场，肯定会引起游客的好奇心。这是特别的、丰富的、别的地方无可与之竞争的旅游资源。要由政府出面招商引资，规范和加强管理，民间集资多方投入，既要开发它又要保护它。开发是多方面的，首先要建立一个博物馆，这是很必要的；邀请专家学者来考察论证，也很必要；通过新闻单位进行宣传十分重要；创作长篇小说、拍成电视连续剧也是很可读很可看的。要形成立体的宣传，宣传加上旅游配套设施，就能把旅游业带动起来，就能带动整个地方产业的发展。

（原载《冠豸山下》1999 年第 8 期）

北村访谈：文学与旅游的因缘关系

——为冠豸山文学院成立而作

20世纪80年代末期，北村当时所在的《福建文学》在冠豸山举办笔会，这个少年得志的先锋作家就是在那次与冠豸山结缘的。北村和朱大可安排住在凝碧山房的后间，那天傍晚我被邀请到他们房间谈论文学，北村抖动着络腮胡须向我宣讲有关小说抽象的见解。

现在我已经无法回忆那天的谈话内容，只记得朱大可躺在床上安静地枕着自己的双臂，一位工人搬来高高的木梯修复熄灭的电灯。那时候，北村正以他极富个人风格的小说跻身于先锋作家之列，与余华、苏童、格非等人一起，实现了中国文学史上的一次小说革命。后来，北村的小说集《聒噪者说》被作家出版社纳入“文学新星丛书”；小说集《玛卓的爱情》被长江文艺出版社纳入“跨世纪文丛”；长篇小说《施洗的河》被花城出版社纳入“先锋长篇小说丛书”，这三套丛书在读者中的重大影响进一步确定了北村在文坛的先锋地位。

当然，北村在大众中赢得广泛的名声，是因为他介入了影视创作。先是张艺谋邀请他创作《武则天》，再是小说的改编权被姜文买断，还有吴子牛导演了他创作的十五集电视连续剧《城市猎人》，等等。对场面和细节真实的爱好使北村迷恋视觉艺术，也拓展了他影视作品的探索空间，他说当年没报考导演系而去上厦大中文系绝对是个错误。

今年春节期间，我作为冠豸山文学院的院长，正式邀请北村前来冠豸山创作小说《长征》。

北村驾驶自己新买的破车前来连城，当我告诉他县长谢小建要来会面时，北村居然急促不安起来。这时，冠豸山文学院坐满了慕名而来的当地作者，大家要求他谈一谈艺术与生活方面的话题，北村又脸红耳赤了。我终于理解了北村为什么要躲避中央电视台《东方之子》的采访，并不是外人所说的出于“清高”。北村内心极其敏感而行为节制，盼望和爱缓解了他和世界的紧张关系，他看人的目光充满了祥和的悲悯之情。尤其可贵的是，北村把自己的出口对付得干干净净，我们从未听过他说粗话，或者对同行诽谤中伤。我们知道，一个人爱听什么，他的心里就需要什么；爱讲什么，他心里就装满什么。所以我说，北村的脸上有安慰。

正值我们大举旅游兴县之际，我就如何提高冠豸山风景区的文化品位和丰富人文景观，以及福建读者感兴趣的问题，请教了与冠豸山结下不解之缘，并且是长汀客家子弟的北村。

吴：一般认为，儿童记忆会影响作家的终身，作家通常从故乡开始写起。为什么在你的作品中看不到儿童记忆和故乡情结？

北：因为没有直接联系。我小时候生活在公社的卫生院里，跟余华有点相像，具体的记忆是非常模糊的。对我个人来说，形成对这个世界的基本看法，是上大学以后。此前我是个很幼稚的学生，儿童记忆也比较单调，我说不清楚对我产生了多大的影响，所以涉及得很少。还有我的生活经历都比较单纯，所以我比较关注某些精神上的事情。

吴：地域文化对你也很少影响，比如客家民俗、闽西文化，在你的作品中除了作为小说背景、人物活动的场景出现以外，你的“樟坂”也不是具体的地域。故土文化对你有影响吗？

北：我自己感觉不到。但这并不说明我割断历史，在我的小说中出现比较熟悉的地名、比较熟悉的现象，我觉得这些东西不是重要的。你提的这个问题并不是主要的问题。上大学之后慢慢形成了我的价值立场和人格，这时候我观察到的事物才跟我的思想发生交流。所以，我要着重写出人的精神状态和变化，我关注的是这些。作品的细节是不是很重要，当然非常重要，但是，细节的真实是指符合生活外在的真实，还是生活内在本质的真实？真实的概念值得考虑。

吴：小说界有商州文化、皇城根文化、楚文化等说法，以客家文化作背景的小说始终没有出现，似乎也没有作家对这件事感兴趣，你觉得为什么不会出现？

北：作家有权力把他所生存的文化作为作品的载体，然而文化仅仅是个载体，从文化里面是找不到文化的答案的。能够形成比较完整的意识形态的东西，都可以作为小说的内容。“客家”其实是蛮有意想的，有一段时间我也很感兴趣。因为我没有很好地把握它，所以没办法把它作为一种题材，但是无论如何要把这种题材上升到普遍性。人类的体验都具有普遍性，福克纳写了美国南方的生活，但他给我们的东西显然超越了文化，人类生存中普遍的价值、尊严、梦想、荣誉、挫折等过程都可以写得非常丰富。

吴：我们刚刚成立了冠豸山文学院，目的是培养人才、多出作品、广泛交流，从而实现冠豸山景区的知名度和美誉度。作为院长，我当然想做点什么，你如何给冠豸山的文化定位？

北：冠豸山的历史人文景观不如武夷山，但是，连城现在的文化和文学创作特别的活跃，过去的人文景观永远是历史的东西，如果没有跟现在联系起来，生命力就很有限。某种意义上说，冠豸山文化的活力要大得多，一个县能出版那么多书，不说全省，就是全国都是罕见的。而且有年轻的、有现代感的、作品在全国有影响的作者，这样的作者阵容在全国都是少见的现象。如果不加以扶持、宣传的话，就非常遗憾。如果把文化跟旅游结合起来，把建立一个面向全国作家的创作基地作为战略上的考虑，无疑要超越经济上的影响。文学强县不是全省的，而是全国的，以后会有更多的作家来这里写作，因为这里比较有活力。

吴：连城作者在全国是没有地位的，他们的写作处于边缘状态，从现代感、技术上讲，相对滞后，所以我把它叫乡土文学。乡土文学并不是贬义词，我只是觉得连城的作品没有推到极致，没有达到某种标杆。你如何看待乡土文学在文坛的作用和地位？

北：我不知道什么是乡土文学，只知道寂寞的写作是远离意识形态主流的、民间立场的写作。不过不能小看县城的创作状态……我认为我就是民间写作。政府的支持是重要的，比如连城县政府扶持出书……自发的活动有一种自由的空气，这种状态下的创作不能小看他们的成果。闽西这个地方就出了包括我们在内，包括傅期、谢有顺，还包括很有潜力的杨天松、沈春玲、池开养、吴尚军等很有才华、很突出的，聪明又有深度的作者，他们完全可能在一种条件下成为全国有影响的作家。我讲的条件就是形成好的氛围，这种氛围是远离中心话语的、自由的。福建的创作寄希望于有识之士，比如你们的县长谢小建，他们对文学并不是真正很深入，然而正是他们有战略家的眼光，不是把人管死，而是放手让你们自由创作。他们是真正懂文学的领导。

吴：冠豸山文学院的成立，是想把文学与旅游融合起来。文化是旅游的灵魂，而文学是文化的语言表现。文化局局长周晓哲偶尔写诗，旅游局长罗炳洲并不写作，但他们对冠豸山文学院寄予厚望。文学如果孤立起来是非常凄凉的，旅游作为一种大文化，文学和旅游有没有可能找到一种相结合的途径？实现文旅的一体化。

北：完全可能。文学创作需要个相对安静的环境，尤其是小说作家特别需要。我在福州写东西容易受到干扰，要关起门来，形成一个相对封闭的空间。旅游环境和创作环境是相当接近的，古代的思想家、作家也是这样，他们治学和创作的环境都是比较好的地方。所以旅游与文学有着不可分割的因缘关系。现在的许多笔会，请大家去玩，产生不了什么成果，因为大家玩完了还得回家写。建立个创作基地，就会出很大的成果。如果中国文坛的很多作品都在冠豸山写出来的话，冠豸山的知名度将是非常高的。如果有条件吸引众多的作家到这里来写作，前景将非常好。任何知名度都是资源，都是一笔无形的资产，用文学的途径使冠豸山出名是非常容易的，也是非常聪明的，以经济的途径使连城出名则非常困难。如果一个县能涌现众多的作家，又能吸引众多的作家来创作，它的价值是不可估量的。所以说，建立中国文学创作基地的方向你们一定要抓住。

吴：说起来，我们都是同行，都了解创作的甘苦。我觉得，跟你聊天特别轻松，因为可以直奔主题，不需要过度寒暄。那么，从你的角度，请描述一下文学创作基地的情形。

北：四合院式的传统建筑或者土楼，安净、整洁，有电视、图书、VCD，有人煮饭煮菜，有洗衣房，空气比较好。最好是套房。写长篇时间比较长，家属、孩子要带来。搞成家居式，有家的感觉，成本不太高。环境要相对单纯、有节律，没有强烈的事物刺激，写累了有书有录像看看。要有散步和购物的地方，推开门就是黄泥岗是不可思议的。

（原载《闽西日报》1999年8月13日）

林兴宅对话录：关于小说家的专业化

——为金庸小说国际研讨会而作

林：如果我们坐下来谈中国小说的走向，哪一个作家会首先进入我们的视野？

吴：当然是金庸。因为无论从文学观念还是从创作方法来看，金庸都是一个里程碑式的人物，最能代表中国小说的走向。

林：我最近在思考一个问题，就是在市场经济体制下，中国作家如何完成从个人化写作到专业化写作的转型。经历了 20 世纪 80 年代风起云涌的小说大潮之后，我们目睹了中国小说的逐步萎缩。一个不争的事实是，书店的小说日渐减少；图书馆的小说落满尘埃；小说期刊被挤到报刊亭的最小角落；股票知识取代了读者床头的小说读本；小说家在大众心目中由精神导师跌落为精神怪异者。

吴：我们还看到事实的另一面：美国畅销小说充斥书店；散文精选花样翻新；传统名著反复重版。媒体批评作家没有唱响主旋律；各行各业抱怨找不到贴近他们生活的小说；小说家指责评论家不读作品，而评论家义正词严地反唇相讥：“除了金庸，还有谁值得我们一读吗？”

林：到处是语言探索、形式经验、结构颠覆，语言游戏成了文学的主体，小说成为作家个人化写作所建立起来的臆想世界。到底是作家背离了读者，还是读者背弃了小说？

吴： 只有一个小说家例外，那就是金庸。上至专家教授，下至贩夫走卒，没有哪一个阶层不在读金庸。以至于有了“金学”，以至于“有华人的地方就有金庸的小说”。

林： 谈到金庸的小说，我们首先想到的就是娱乐性。正如金庸自己所说：“我的小说娱乐性还是很强的。我认为娱乐性很重要，能够让人家看了开心、高兴，我觉得并不是一件坏事。小说离开娱乐性就不好看了，没有味道，我认为这是一种创作的失败。”

吴： 我们甚至可以拿金庸来下酒，比如韦小宝的妈叫什么名字？答错了喝一杯。然而，我们仅仅从文本上研究金庸的作品是不够的，还必须从写作意义上考量金庸对中国文坛独特的影响，这样才能准确、全面地把握金庸在文学史上的地位。我认为，金庸专业化的小说写作比他作品的娱乐性更具有一种典范的意义。道理很简单，中国传统小说名著的两大特点，一是作品的娱乐性，二是创作的专业化。

林： 我们必须面对一个令中国文坛不愉快又有损大家自尊心的事实，那就是，没有哪位作家的影响力能够超过金庸。同时，也没有哪一个中国作家像托尔斯泰那样把人类生活的两个方面，即平凡和英雄的方面描绘得那么完整；也没有哪个中国小说家在探索人类心灵方面像陀思妥耶夫斯基那么深入；更找不到哪个小说家对现代意识的分析比普鲁斯特更成功了。在这些成就面前，我们务必好好地想一想：尽管中国的专业作家是全世界最多的，但专业的小说家则寥寥无几。事实上，外国人往往是通过徐克、吴宇森等人的武侠电影和金庸等人的武侠小说来认知中国的。

吴： 在中国小说界，许多小碉堡被当成了摩天大楼。比如，

《白鹿原》和《活着》是最富声望的当代小说，其中《白鹿原》被认为是反映社会转折时期观念冲突的史诗性的长篇小说。但是，我们如果把它跟《卡拉马佐夫兄弟》摆在一起，就可以看出《白鹿原》的真实分量了。而《活着》被誉为揭示中国农民苦难的经典，我们却无法回避，在揭示中国农民苦难的深度和广度上，赛珍珠的《大地》远远走在了《活着》的前头。更为严重的是，李白的浪漫情怀、杜甫的沉重责任、司马迁的苦难经历、曹雪芹的文学理想、鲁迅的社会良知，如今真是踏破铁鞋无觅处。

林：这就涉及小说家归类的问题，不客气地说，按表现方式进行分类是评论家的一大错误。先锋小说、新历史小说、新写实主义、新状态小说，所有的提法都是不科学的，因为这些概念的内涵和外延都不确定，简单的例子就是，每一种提法都把苏童的《妻妾成群》归进去了。

吴：更糊涂的是按作家的出生时间分类，什么“六十年代出生的作家群”“新新人类小说”。本来，评论家应该坐下来消化作品，与作者一起奋斗。但是他们太急于出名了，只愿将一本书跟当时的历史、作者的生平、涉及的事件，尤其是跟某种潮流联系起来。

林：作家只能按“专业”的和“非专业”的分类才趋于合理。在计划经济体制下的作家看来，文学是一种生存的策略，用来帮助有文学欲望的人装点门面，这就是中国小说的困境所在。

吴：米兰·昆德拉在谈到小说的前景时认为，小说不会突然消失，而是慢慢地萎缩直到消失，他的话绝不是危言耸听的。中国文坛时下的小说家，大多以流派作家而存在，提到某个小说流派时，他们在一串的名字中出现。流派作家离不开刊物与评论家的策划，然后“隆重”推出一批作家作品，比如风靡一时的“联网四重奏”。这就是“领风气之先”的全部意义所在。一些莫名其妙的中短篇小说在评论文章中反复出现，让人百思不得其解。针对中国小说界暮气沉沉的状况，金庸总结说："现在有一种文学风气，不重视读者的感受，不注重故事，老是要从小说的内容里寻找思想，寻找意义，这就变成文以载道了，这不是小说。我个人觉得思想和意义是不适合用小说来表现，应该用散文或者论文来表现。"

林：重视读者的感受、注重故事，并不是每一个小说家都能做到的，需要非常专业的训练才行。小说的娱乐性表现为一个重要的特征，即具备大众关切的故事母题和大众乐于接受的情节模式。《三国演义》和《水浒传》虽然也表现儒家的伦理政治思想，但它们首先是小说，娱乐功能是第一性的，否则就无法进入千家万户。

吴：小说的娱乐性还有三个特征：一是要具备有市场价值的话语姿态。《金瓶梅》的本质是"色绚于目，情感于心；情色相生，心目相视，亘古及今"。然而，《金瓶梅》的外部特征却是"恶霸帮闲、淫娃荡妇之事；谋财渔色，献媚争宠之心"；二是要把握各阶层都能接受的道德规范和情感归属。《红楼梦》"白茫茫一片真干净"的结局，就暗合了中国文化的虚无观，仕途受阻的知识分子能够从中找到精神的归属感；三是要采用大众喜闻乐见的讲述形式。《西游记》告诉我们，佛教中退出轮回不息的苦劫的唯一方式，就是退出一般意义上的存在，远离名色，断灭各种妄执与邪思。众所周知，少年儿童把《西游记》当成童话小说或者神怪小说来读也是可以的。

林：金庸小说最突出的特点、能广泛流传并且经久不衰的最大原因，就是因为采用了大众喜闻乐见的讲述形式。金庸总是在自己的小说创作中以大众乐于接受的情节模式和讲述方式来书写人生，努力塑造个性多样的人物形象。

吴：且不说萧峰、段誉、韦小宝这些家喻户晓的人物，像《射雕英雄传》中的裘千仞、欧阳锋、一灯大师，《神雕侠侣》中的小龙女、林朝英、陆无双，《笑傲江湖》中的东方不败、余沧海、左冷禅、任盈盈，《天龙八部》中的王语嫣、游坦之、阿紫，《倚天屠龙记》中的赵敏、成昆、陈友谅等，都是读者茶余饭后的有趣谈资。

林：“作家的专业化”指的就是作家以娱乐大众为天职，把小说创作作为一种专业，以毕生的精力来创造满足大众娱乐需要的作品。他们摆脱了“学而优则仕”的思想桎梏、“文以载道”的写作模式，将小说创作提高到实现生命价值的层面上来。

吴：名著之所以成为名著，是因为给读者提供了一个认识生活的空间。开书店的朋友说，最畅销的就是金庸的小说，不论进多少都一售而空。可见，金庸的小说已经是名著了。

林：阿比尔·谢括利认为：“小说是用散文写成的具有某种长度的虚构故事。”因此，出示一个故事，这是读者对小说最基本的要求，就像我们要求音乐出示音符、绘画出示线条、舞蹈出示动作、雕塑出示造型、电影出示画面那样。当然，故事不等于小说，基本要求不等于最后要求。福斯特说得好，“故事本是文学肌体中最简陋的成分，而今却成了像小说这种非常复杂的肌体中的最高要素”；“故事叙述的是时间生活，但小说呢，如果是好小说，则要同时包含价值生活”。

吴：显然，有些作家根本就不会像金庸那样讲故事，他们一讲故事就捉襟见肘力不从心。因此，无情节、无人物、无故事的三无小说和“淡化故事”的提法并非小说的需要，而是作家无能的遮羞布。

林：其实，不只是金庸，几乎所有伟大作家的名著都在讲故事。因为他们有能力在故事里出示精神指向，完成对人类生存境遇的深刻洞察。

吴：大多数作家缺乏的是完成故事精神的能力，他们缺少对生活的判断标准，没有良心与情感的介入，推演故事的向前就成为难题，因为不知道怎么样的人生才是正确的。既然语言要表达的内容被抽空，唯一能做的就是在外在形式上绕圈子，正如现在平庸的工笔画家，总让人看到艳丽背后的苍白。

林：那么，什么样的故事才是好故事？或者说什么样的故事才是大众容易接受的故事呢？有三位好莱坞的著名导演作了准确的表述。斯皮尔伯格说："一般都是主人公不再能主宰自己的命运，失去了对生活的控制，然后以某种方式设法重新掌握自己的命运。这就称得上好故事。"阿莫尔则认为："没有问题的故事不会长久地吸引观众。观众喜欢担忧，喜欢为别人的悲痛而难过。"希区柯克则常说："坏人越坏，故事越好！"

吴：艾略特在谈到传统与个人才华时说："传统是一个具有广阔意义的东西。传统并不能继承。假若你需要它，你必须通过艰苦的劳动来获得。"根据三位大师对好故事的定义，你如何归纳金庸小说的特点？

林：第一个特点，主人公总是陷入困境。比如郭靖是个呆头傻脑、天资愚拙的少年，而他的师傅们江南六怪却是个个天资聪敏、性格急躁。他们采取车轮战式的教育方式，目的要郭靖在十八岁的时候通过一场比武考试。这样，郭靖就入了某种困境。金庸小说的第二个特点是，总会出现武功非凡的坏人。在《连城诀》中，大名鼎鼎的江南四侠陆天抒、花铁干、刘乘风、水岱组合成"落花流水"，江湖著名的魔头淫僧血刀老祖却掳走了水岱的女儿水笙，江南四侠不得不联袂追截，结果被血刀老祖打得"落花流水"。江南四侠中的三人非死即伤，而硕果仅存的花铁干却出人意料地跪下求饶。

吴： 血刀老祖在《连城诀》中所充当的角色，就是希区柯克所说的“坏人越坏，故事越好”。

林： 金庸小说的第三个特点是设置了让人担忧的悬念。这让我想起《鹿鼎记》中的韦小宝，他假扮成太监小桂子，奉老太监海大富之命去赌博，因为迷路在皇宫中转来转去，误入小皇帝的练功房。韦小宝不懂这是皇宫，无知也就无畏，见了年龄相仿的少年就跟他摔跤玩耍起来。而读者知道，这个小玄子可不是一般的人，那就是当今圣上玄烨。那么，韦小宝的命运将会有什么变化呢？这就是悬念。

吴： 你所说的例子在金庸的小说中不胜枚举。金庸小说的这些特点，肯定有其产生的文化背景。我们应该进一步探讨金庸小说的文化根源。

林： 香港文化东西融合、华洋杂陈，香港是个国际大都会，也是儒商和儒商作家的集散地。在过去的20世纪，他们在弘扬中华文化方面做出极大贡献，有力地促进香港、东南亚乃至全球的华文发展，其影响力是超国界的。以金庸为代表的儒商文化，在香港文化风景线上是一个光辉的亮点。

吴： 同时，香港是个典型的功利社会。就文学艺术而言，香港与内地不同，重艺术而轻文学。然而，香港作家多达千人以上，作品更是汗牛充栋，比如亦舒、倪匡、东瑞、梁凤仪等。卖文为生者更是多如牛毛，报纸给你开一专栏，天天写，自然而然就成了作家。这就是专业作家得以诞生的土壤，金庸的武侠小说最先就是在报纸上连载的。

林： 在金庸小说的阅读体验中，读者的心灵超越了现实的关系，陶醉在自己心造的、想象的世界里，一切不可能的事情都成为可能，一切不存在的事物都汇集在你的眼前，读者充分享受着心灵自由的快感，心理上产生一种人与自然和谐的自洽感。这对于在商品社会中挣扎生存的人来说无疑是一种非常有效的心理补偿。这似乎可以用来解释香港文学繁荣的原因。

吴：每次读金庸的小说我都有一种感觉，生命系统处于平衡稳态，暂时忘却了生命的痛苦。这是一种虚幻的精神满足，是人类的超越之梦。这既是对痛苦的超越，也是对生命本体的内在矛盾的超越。

林：金庸的小说拥有生动的语言、形象的人物、回肠荡气的情节、跌宕起伏的故事、美妙绝伦的结构；重要的是具有深厚的文化底蕴、爱憎分明的立场、忧国忧民的忠贞、惩恶扬善的结局，名著该具备的条件都具备了。

吴：金庸把小说的可能性推向极致，开创小说的一代先河。读者在金庸的小说中找到了民族英雄的浩然正气，以及中华文化的源远流长。那么，随着市场经济的深入人心，中国小说是否会走向专业化的道路呢？

林：中国历史上是权欲盛行的社会，中国作家虽然受儒家正统思想影响，同时又受佛家道家强大抗衡力量的左右。他们相信“天生我材必有用”，胸怀建功立业的宏伟抱负，积极投身仕途。很快，他们就发现自己并不适合官场那套话语程序。仕途受阻，他们于是选择另一套哲学，“采菊东篱下，悠然见南山”，转向田园山水、诗酒隐逸的世界。

吴：L. 科塞说作家是“对事物的现状永不满足的人”，传统文人的不满足仅仅是“落拓极而牢骚起，抑郁发而叱咤生”，跟科塞所说的保持对社会的批判姿态风马牛不相及。禅宗直觉观照的思维方式和幽深清远的生活情趣，与中国作家内心追求适意和外在追求功利的双重性格相适应，进一步助长了中国作家的封闭心理、内向性格和清静趣味。

林：中国正统文化从来就是“儒表佛里”或“儒表道里”

的。韩愈到潮州后，与禅僧大颠成了好朋友；王维、柳宗元、刘禹锡竞相为慧能作《碑铭》；白居易以“香山居士”自号；以儒家正统自居的王安石、欧阳修、苏轼都成了禅僧的好朋友。明清以后，自号“居士”的作家更是不计其数。历史上，我们只有像屈原这样实现不了政治理想而自杀的诗人，没有像川端康成这样找不到艺术出路、像海明威这样悲观失望而自杀的作家。

然而，这一切都随着市场经济的到来而结束了。经过二十年的磨合，内地与香港的差距逐渐缩小，与主流世界正融为一体。改革开放之快令港人惊讶，也让世界吃惊。其中，政府对文学期刊的拨款越来越少。像厦门这样的经济发达城市，跟香港一样，一讲到艺术就是交响乐，不再把文学列为艺术的重点。这些表面上看起来不利于作家成才的做法，其实恰恰有利作家的专业化成长。1993 年诺贝尔经济学奖得主道格拉斯·诺思认为，意识形态是一种行为方式，它给人以“世界观”，从而使决策过程简明，但也导致人们观察世界时的理性认识与所持的道德、伦理评价相交织，一旦人们发现经验与它不符，就会试图改变其意识形态。诺思说：“一种包括鼓励创新和能够提供适当个人刺激的有效的产权制度，是促进经济增长的决定性因素。”按诺思的观点，作家的意识形态是灵活的，只要能够提供有效的产权制度，作家就能有效地克服“揩油”的机会主义行为，使自己的创作专业化。

吴：与此同时，国外小说家的专业化道路也给中国小说带来一线希望。普佐、哈里斯、格里森姆、谢尔顿、史蒂芬金，从一长串专业小说家的名单可以看出，他们不存在把文学当敲门砖的问题，只把小说创作当成自己的职业。思想上摆脱“精神大师”的虚妄，回到专业化的道路上来，是中国出现好小说的时代背景。比如，唐浩明的清朝重臣系列《曾国藩》《杨度》《张之洞》；二月河的清朝帝王系列《康熙皇帝》《雍正皇帝》《乾隆皇帝》；周梅森的政治小说系列《中国制造》《天下财富》《人间正道》《至高利益》。这些作家和作品让我们看到一个不可逆转的趋势，那就是，随着知识产权保护的深入人心，专业化创作是中国小说界的必然选择。

林：当中国小说创作专业化队伍形成之后，我们不应该忘记，有一个人将曹雪芹、罗贯中、吴承恩、施耐庵和今天可能出现的小说大师联系起来，他是承前启后的人物，也是小说家专业化的楷模，这个人就是金庸。

注：金庸的话均引自《南方周末》2003 年 7 月 31 日《学问不够是我的一大缺陷》。

（原载《粤海风》2004 年第 1 期）

唐天对话录：如何剪出一个想象中的新世界？

唐：大家好，我是光典直播的唐天，今天请了著名的作家也是新锐的剪纸艺术家吴尔芬老师，进入我们直播间。我们今天的主题是——“剪纸”，剪出你想象中的新世界。

第一个我想问的问题是，除了作家身份，吴老师您是怎么成为一位新锐的剪纸艺术家？据说这与你的童年经历有关，与你的家庭有关，与你的故乡有关，是吗？

吴：谢谢，是这样的。我的剪纸艺术，最大的优点就是接地气、民间性。事实上，我们对纸张所传达的文化内涵和悠久历史都有忽略、轻视的倾向。

举个例子，大唐盛世离我们已千年，那么留给我们后人的精神财富都跟纸张有关，比如说诗词、绘画。我们有个深刻的误会，总觉得钢筋水泥很强大，什么高速公路呀，什么大桥大坝，事实上纸张的力量是最强大的，也最耐久。比如说老唐写了一本诗歌集，可能一千年以后在某个犄角旮旯能找到，但是你极目所至，我们所看到的所有的现代化建筑，可能都经不起时光的淘汰。所以，我要表达一个观点：纸张是最重要的文化载体，它对历史的记载，对文化的记忆，对文明的传播，是一个民族和一个国家最重要的文化符号。所谓“纸寿千年”。

同样是纸张艺术，剪纸跟书画的区别在哪里呢？

书画必须有文化，书法家和画家得受过基本的教育，甚至是专业的训练，才有可能用书法、用绘画来表达自己的观点立场。但是剪纸没有这个问题，剪纸最大的优点就是突破文化的限制，不受教育的影响，任何人都可以剪纸，任何人都可以通过纸张来表达。所以我经常说，剪纸面前人人平等，你受过严格的书画训练，你可能有博士学位，但是在剪纸这个问题上，你可能不如一个文盲老太太，剪纸呈现出来的信息为我们展开了无限的可能。

另一个区别，就是对剪纸的偏见。为什么大家不愿意剪纸，而愿意写写画画呢？有人轻视它，认为剪纸所能表达的空间非常有限，剪纸的表达力非常弱。大红大紫的，俗，难登大雅之堂。还有人一讲到剪纸就想到窗花，功能被世俗化，是农村老太太干的粗活。

当然，剪纸也不是谁都会的，毕竟要使用剪刀。作为工具，剪刀比毛笔更难控制，里面涉及基本功，基本训练，还有手、剪刀和纸之间构成的关系。剪刀能不能成为你身体的一部分？你能不能随意指挥得了剪刀？这是剪纸高手的基本要求。

我在部队的时候，射击教官经常说，一个枪手就要让枪成为身体的一个部分，用枪要像手臂指挥手指那样自如。为什么中国人的筷子用得好？因为筷子已经成为我们身体的一个部分，是手臂和手指的延伸，完全达到了心指向哪里，筷子就夹到哪里。我们要哪一道菜，要哪一块肉，甚至滑溜溜的鸡蛋，都可以夹起来。这是中国人的厉害之处，没有从小养成的长期训练，是达不到的。我们用筷子是无感的，用刀叉就疙疙瘩瘩了。相反，一个西方人用筷子疙疙瘩瘩，用刀叉的时候无感。为什么？是因为筷子已经成为我们身体的一个部分。

如果是一个极致的剪纸艺术家，剪刀就是他身体的一个部分。剪刀代表他的思想，他想到哪里剪到哪里。这个是需要训练的，并不是操起剪刀就可以做到。看看书法家的潇洒表达、运笔自如，毛笔就是他身体的延伸。

我的剪纸是小时候我妈教的。我们老家的剪纸除了贴在门窗上的窗花，还有蛋花和鞋样。送给客人几枚鸡蛋，裸露是不礼貌的，必须贴上喜庆的蛋花；新做的布鞋，里面要垫一张讨彩的鞋样，正式穿的时候再抽出来。家家户户的妇女都会剪，也没人计较好不好，有个彩头就行。

我妈会干这个，我跟她学了一点，但只是一点点。这一点是基本点，是重要的一点，就是手和剪刀之间构成的关系。我觉得这个才是老太太给我最大的启发。我不愿意多剪，因为老是被同学和邻居嘲笑。

如今，我已经到了不怕人家嘲笑的年纪，可以爱干什么就干什么了。在家里发呆，我就开始回忆往事，发现这个东西有意思，于是重新剪起来。以前断断续续地剪，时有时无，一年才几张，跟我的画一样，量很少。最近密集一些，在微信朋友圈每天发一张，获得点赞无数。

回到你刚才的问题，剪纸肯定跟儿童记忆有关，跟客家文化环境有关，跟我老妈的启发有关。

唐：我觉得吴老师说得太好了，这就叫作家的嘴，艺术家的手。一般人对剪纸的理解，都知道它是传统手艺或者传统艺术的一部分。但从某种意义上说，剪纸很抽象，因为大部分我们剪的不是彩色的，而是单色的。大脑里面怎么构思，可能随手就剪出来了，某种意义上我觉得剪纸跟当代艺术有很大的关联性。我记得，以前北京 798“长征空间”画廊的卢杰，就曾经在民间挖掘到一个老太太的作品，好像这个老太太早几年去世了，她剪出来的东西就非常有意思，非常有当代性。所以我觉得，其实小小的一张剪纸，未必就一定是一个传统的形态。

我现在想问第二个问题：剪纸可以说是中国的民间艺术，您认为有南北的差异吗？此外，你认为有所谓的“客家剪纸艺术”这一说吗？毕竟你的老家连城是属于客家地区。

吴：肯定有，中国文化的构成是丰富多彩的。事实上，生活经验告诉每一个人，中国文化的南北差异是很明显的，因为北方文化更加接近民族融合，南方文化保留了传统的要素。

南北的差异首先是语言的差异，然后是表达方式的差异。我们知道，风俗是两个概念，风是由于自然条件不同形成的生活习惯，俗是由于社会条件不同形成的生活习惯。北方广袤的土地、空旷的环境，历史上是交融共进的文化构成；南方因崇山峻岭更加保守，相对封闭，是面向太平洋的文化构成。比如我们厦门的书法家罗丹，其实也是南下的书法，他的知名度在东南亚，而不是在北方，你在北京的书法圈里说罗丹，是没有几个人知道的；当你在新加坡的书法圈里说罗丹，大家都觉得肃然起敬。因此相对而言，文化南下容易，北上更难。最重要的差异，有历史的，有现状的，有生活面貌的。

具体到客家，如果指艺术而言，一定会带上客家民系的烙印。闽南人和客家人作为福建有代表性的两个民系，闽南文化的基本构成比较重视的还是祈求平安，因为他们的生活环境在沿海，他们出海主要的敌人是风浪，这就需要海上保护神。这是大环境所决定的。客家人主要生活在山地，敌人是土著和土匪，因此需要聚族而居，形成的文化底色和文化基调是祖宗崇拜。大家拥有共同的祖先、共同的姓氏，聚族而居的目的是团结起来抵御共同的敌人：土著和土匪。

就剪纸艺术而言，闽南人更注重偶像崇拜、民俗信仰；客家人比较侧重的还是祖宗崇拜，跟祖先有关的内容。在内容上，侧重点不一样，在表达方式上当然也不太一样，还是有细腻的区别。

唐：刚才讲到文化的差异，比如说客家文化跟闽南文化的差异，是不是也影响到剪纸的题材和手法上的差异？或者说反过来，剪纸内容的差异，可以看到不同文化的特点？为什么突然想问这个问题，是因为你也做客家文化研究，也写过《雕版》这本书，雕版里面是中国的版刻文化艺术，跟剪纸有点类似，像连城四堡的雕版，里面就有很多门神一类的东西，你肯定接触过这些，能不能说一下？版刻这种艺术，在功能上跟剪纸还是很像的，逢年过节很多人会买来，贴在门上或贴在一些比较重要的家居位置上，除了美化还能驱邪祈福。

吴：应该讲有差异，也有共性，共性大于差异，这是肯定的。首先是对庆典的重视，对某一个节日的重视，差异是存在的。闽南人，尤其是我们在厦门，最重视的是中秋节。在我们老家，最重视的不是中秋节，按顺序第一是春节，第二是端午，第三是清明。我们庆典的重视程度也按这个顺序。闽南人比较重视的是朋友聚会，客家人比较重视的是家族聚会。我们最重视的是每年年初一中午，族人要一起吃一餐饭，这个跟文化基因有关。

闽南人的剪纸，会贴在一些很重要的跟生活息息相关的位置上，比如神龛的底下，或者是自己的家门口。客家人没有船，剪纸会贴在谷仓上面、猪圈牛栏的门口，贴在祠堂显赫的位置。什么内容？贴什么位置？什么时候剪纸？什么时候贴？我觉得差异是很细腻的。我觉得这个问题非常好，如果有空，可以专门写一本书。

唐：在客家地区，包括你老家连城，现在还有人剪纸吗？还是剪纸已经成为一种正在慢慢消失的文化现象？据说也有人把它变成“非遗”的部分。你老家现在是怎么一个情况？

吴：剪纸有点像什么？像纳鞋底。村里一定有人会纳鞋底，但是它的数量在锐减，逼近消亡，或者说是濒临灭绝，这样表达会比较准确。剪纸也一样，村里一定有老太太会剪纸，但是会剪纸的人不像我妈那个年代那么普及、那么普遍，成为每个妇女必须掌握的手艺。

问题出在哪里呢？首先，我们现在可张贴的东西非常多，而且非常便宜。年底的时候，在地摊上到处可以买到年画，也能买到剪纸，又漂亮又细致又便宜，自己剪，坑坑洼洼很难看，贴上去被人嘲笑，完全没必要。更重要的是，工业化对传统手艺的传承破坏，这个打击是毁灭性的。这也是全人类共同的问题，不是客家人或者是中国人的问题。还有，我们现在很少会用掌握技能来对一个妇女进行评价。我们不再用掌握多少手艺、会干多少活来评价某个女人是不是贤惠。举个例子说，这个村里有个妇女啥都不会，但是她会炒股，也赚了很多钱。

但是，凡事都有例外，总有人喜欢，总有人好这一口。很重要的一个因素就是旅游，接待游客。把剪纸变成一个旅游项目，从传承和发扬的角度上说是有益处的，不管怎么说，终归有人在做。现在，无论培田还是四堡，还是其他古民居旅游点，有一批人开始抄起剪刀做剪纸，愿意跟老太太学一学。这些剪纸作品注入了更多的当下信息，赋予更多年轻人的审美趣味，终归是一件好事。

唐：当年这种手工剪纸比较普遍的时候，集市里面有没有人很会剪？她可能是剪纸的高手或“艺人”，有没有在卖自己的作品？

另外，刚才讲到剪纸的功能性。传统的功能变成市场需要以后，剪纸的审美价值到底还有哪些？以往的审美价值，在传统的背景下大概是怎么一个情况？剪纸的功能性除了祈福以外，是不是也带来某种愉悦？审美的愉悦。你刚才讲到培田剪纸的这种“表演性”的审美价值，我们从游客的角度来到这些地方，我们并不关心这些。只有买回去成为窗花的一部分，或者贴在哪个谷仓，让它成为我的一个审美对象，才能实现它的审美价值。游客与旅游地，不同的时空产生了某种交错，我们如何理解这种情形下关于“剪纸”的审美价值？

吴：对于现在的人来说，当我们看到一张剪纸的时候，会唤起一种记忆，打开记忆的一扇门，让我们联想起小时候的某个场景，或者某个生活片段，剪纸最重要的还有回忆和审美的功能。比如说我们花20块钱买一张剪纸，当然祈福的功能丧失了，城市的玻璃窗也不需要贴剪纸窗花。但我们会收藏起来，夹在某个书页中，哪一天偶然翻起来，会想起一个有趣的片段，我觉得这个已经实现了它的审美功能。审美发生在交易的过程中，购买了你自己觉得特别值的过程中，20块钱能够给你带来片刻的愉悦，带来一分钟的美感，带来一秒钟的痛快，我觉得审美就已经实现了。更多的人，其实在这个过程中实现了趣味交流，这个老太太在剪纸，你除了夸她两句以外，你还能帮她做点什么？你唯一能帮她做的，就是买一张，对不对？这是对她最好的支持。你会觉得，买了她的一张剪纸，实现了你对文化遗产传承的支持和帮助，给你内心带来充分的愉悦，我觉得这个是最重要的。

唐：挺好的！我眼前的画面好像一下子回到了几十年前，可见当年的剪纸跟很多活动一样，有社交性，是农村妇女很重要的精神生活的一部分。但是，当年的剪纸似乎更强调功能性，所以不怎么把它当作艺术品，大部分可能贴完就在风雨中消失了。现在，几十年前的东西都会有人去收集、收藏，有人去搜索“剪纸”这类东西吗？或者说有人把剪纸当作艺术品，去找到几十年前的作品？还是因为这几年有了“非遗”以后，不少人对剪纸产生新的认知？总之，现在关注剪纸的人会更多一些，有人会买来收藏。但，早年的那些东西有没有可能找到一些？或者说已经随风飘逝？

吴：作为生活的一个部分，绝大部分剪纸是随风飘逝的，因为它跟对联一样，是一个基础性的文化符号。我们的春联无论写得多好，无论编得多么美妙，书法多么了不起，一到年底就要刷掉换新的。我记得罗丹先生当年回连城过年的时候，很多人请他写对联，他谁都给写。罗丹特别好说话，是非常随和的一个人，但是所有这些拥有他对联的人都后悔，当年为什么没有保留下来？保留下来，如今不就价值连城了？当时，罗丹的书法就贴在门口风吹雨淋，到年底也就一年，然后就给它刷掉了。

剪纸也是这样，无论你剪得多好，因为它是即时性的，大部分时候它的功能主要是两项，第一是祈福，贴在门上、谷仓，甚至牛栏猪圈什么都贴一贴。还有一个是祝福功能，这也很重要。比如说我们家来了一个客人，我妈会送他两枚鸡蛋，这两枚鸡蛋一定不能裸露送给人家的，这是极大的不礼貌。她一定要贴上剪纸，纸上有一个小小的“寿”字或者“福”字、“春”字。手笨一点的人，也许就贴一个简单的心形剪纸。反正不能裸露着送给人家，因为白鸡蛋不吉祥，红色代表喜庆吉祥。这时的鸡蛋，终归是一种祝福的礼物，不再是食品。

尤其是很重要的隆重场合，举例说，舅舅过生日，我妈去送一套衣服，这衣服一定不能是裸露的，她一定会放上一张剪纸。比如姐姐出嫁，我妈要送姐夫一双新鞋，新郎鞋也不会是裸露的，她在鞋里一定会塞剪纸，这是一种祝福。当然，所有的嫁妆都不能裸露，不只是新郎鞋。记得大哥结婚的时候，所有的礼物，大大小小瓶瓶罐罐，每一件都有剪纸红彩的。

我们在红纸的使用上，是非常广泛的，按排列我觉得是剪纸、对联、红包。剪纸的用途如此广泛，那个时候如果一个家庭妇女不会剪纸，她在生活上是极不方便的。

现在有没有人去收藏和整理？有，至少我这样有收藏癖的人会去收，我就收藏了一些四五十年前的剪纸，不过我要找一找在哪里。我妈剪的那些东西，她不在了，我就卷起来放包里带走了，带回厦门。

刚才说了，剪纸的用途非常普遍，家家户户不可或缺，所以一定有备一些。突然间有个什么事，临时剪是来不及的，得翻箱倒柜去找。因此，一般人家里都会备点剪纸，有的人家多一点，厚厚的一叠，有的人抽屉里只有几张，但一定会有。用完了，就临时剪一些补充回去。有点像我们现在家里的大米，快吃完了，好歹买一包回来。所以，那些剪纸某个角落旮旯肯定有，我上次回老家，小妹还说她家也有。我在想，什么时候去她家骗出来(笑)。

唐：现在还有这种风俗吗？

吴：基本没有。民俗跟戏剧一样，是个逐步萎缩直到消亡的过程。先是偷工减料，送鸡蛋不一定贴剪纸，用红颜料指面按一下，蛋壳上有一点红彩就行。后来送实物礼的人渐渐减少，一律塞红包。现在有的人，连红包纸都省了，直接发微信红包。

唐：没想到剪纸还有这么多功能，我原来以为就是简单地贴窗户贴门贴谷仓，原来它的用途那么广。其实，我看过一些民俗展览，也有剪纸，我不了解客家地区以外的情况，剪纸的功能是不是也有这么多的应用延展？还有一个我挺好奇的是，连城的四堡是雕版印刷基地，建阳也是，建阳麻沙也是出版刻的地方。历史上，无论麻沙的版刻还是四堡的版刻，当年的图书印量非常大，但是大部分没有留下来，就跟剪纸有点像。大部分的书是一些科举考试的，还有经商用的，这一类的大路货的书很多人不会收藏。除了一些经典读物，有心人会收藏。另外，连城的造纸在整个闽西客家地区是蛮有名的。当然，四十年前跟两三百年前的业务肯定不大一样，我不知道这个会不会还是同一种纸？还有，红色是买来以后染上颜色吗？还是买来就是红纸？剪纸是一门艺术，纸本身是否也是文化的另一种呈现？

吴：纸肯定是文化的载体，我说了，剪纸是最民间、最接地气、最与文化程度无关的艺术表达。对老太太、农村妇女而言，她只能买现成的纸，我小时候供销社就卖两种纸：红纸和白纸。白纸的销量其实是很少的，红纸千篇一律，就是写对联的那玩意。我现在剪的基本上也是那种红纸，我去买纸的时候，文具店老板会问，我们有很多种红纸，你要哪一种？我说最普通的、写对联的。他一下就知道是最便宜的那种。不过，我剪人物头像的时候，要用稍微贵一点的打印纸，因为有韧性，能支撑起更丰富的细节。

为什么她们对纸张不是特别讲究？因为来源非常有限。还有，传统剪纸的功能也非常有限，不需要特别精美，差一点不要紧，讨喜就行。这是一个问题，第二个问题，那个时候没有收藏这一说，也没有比赛这一说，剪得再好也没人给你评冠军。村里从没搞过剪纸大赛，剪纸只是一个生活必需品，不具备收藏的功能，就是一个民俗的功能。如果纸太厚或者太好，剪起来难度会加大，最薄的便宜纸，剪起来最方便，剪坏了就扔。

农村的剪刀也不像我这么奢侈，我有一套的剪刀，长长短短大大小小，甚至有波浪形的剪刀，一刀下去就波浪形。农村一家就一把剪刀，宰杀动物的时候开膛破肚用，平时剪指甲用，缝缝补补用。你想想，一把剪刀什么都用，剪纸的时候就没有办法不用。不可能为了剪纸买一把新剪刀，这太奢侈了，做不到。所以用最便宜的纸，用最笨重的剪刀。当然，我家有专门的剪刀，因为我妈是裁缝。

剪纸成为一门艺术以后，就讲究了。比如说我做彩色的剪纸，层层叠叠搞出一个效果来，大家看到我剪的钟南山头像，会发现用了四种颜色，有白色、黑色，还有皮肤的粉红色和背景的蓝色。我这么干，是因为我想把剪纸从民俗中剥离出来，让它单独地成为一门艺术。

我现在用纸很讲究，在什么情况下用多厚的纸？用什么颜色的纸，都得合理选择。你们看朋友圈我发的剪纸图片，是看不出面积大小的。在我工作室挂的剪纸，其实挺大的，长 90 厘米，宽 60 厘米。怎么挂起来？我就很头疼。我用的是背胶纸，滑溜溜的，非常不好剪。剪完把衬纸撕掉，再小心地贴在白板上。

我想摆脱剪纸的民俗内涵，把剪纸当成绘画来处理。前面说到景区的那些老太太，她们的剪纸也不再是民俗，而是旅游的一个功能。当下的剪纸，已经注入更多的要素，这很正常，体现一个时代的变化，做出更多的探索，试图尝试更多的可能性，这是一个时代的必然。

唐：我刚才想到一个词，在艺术门类里有个“贫穷艺术”，是一种当代艺术。用最简单的材料、最廉价的材料。所以，几十年前的这些乡村妇女，她们还是蛮有意思的，就是用最简单的材料剪出艺术品。当然，可能对她们来讲不是艺术品，而是功能性地使用，但从今天的角度，完全是艺术的产物。说起中国传统的剪纸艺术，人们往往只会联想到窗花一类。您的创作和传统意义上的剪纸，在题材或者手法上有什么不同？

吴：我更接近连环画，我的目标是给自己的小说剪插图。剪纸的表现力比绘画弱一点，我心里非常有数。但是，剪纸也有优势，比如中国要素，这点非常重要；第二是识别度高。我用剪纸做自己的小说插图，读者一看就是中国要素。剪纸最容易被人记忆，但是要克服表现力弱的问题，比如说单色、不够细腻等。在剪的过程中，线条容易受到破坏，这些困难都需要克服，要增加更多的设计要素。

还有一点非常麻烦，人设的部分对我来说是非常高的挑战。我的一本书主人公有好几个人，举例说我要剪十张的插图，必须让读者看出来是同一个人，这个难度是非常大的。他有不同的体态和动作，无论他在跑还是在跳，还是在打架，都必须看出来是同一个人，对我是非常大的挑战。

在这一点上，做得比较好的是加拿大、澳大利亚和日本的一些剪纸家。我注意收集、阅读他们的作品，他们的传承和发扬做得比我们好。如何处理色彩？如何有效地相连？就是一张纸不能剪断。如何使用比较现代的刻刀？有的老同志是反对用刻刀的，认为只要离开剪刀，就不叫剪纸。我不这么认为，剪纸艺术无论内容还是形式，无论表达方法还是工具使用，都必须往前发展。我不可能用写对联的红纸、用剪狗毛的剪刀，剪出最有现代感的作品。所以，应该有一个更加开放的态度，把艺术往前推，各种要素的往前，不仅仅是表达内容的往前。

唐：刚才吴老师一直跟我们探讨剪纸，我都忘了你的第一角色是作家。我想，你可能不以剪纸为生，但你已经是一个真正的剪纸艺术家了。说到表现手法，剪纸和版刻到底有多大的区别？它们互相之间的差异性有多大？是不是也可以互相借鉴？看到你那些彩色的剪纸作品，我突然想，它也有可以相比较的艺术，就是版刻。从你个人经验看，剪纸的操作流程有哪些？需要提前描图吗？作品是怎么完成的？大家挺好奇的。

吴：这个事，在微信上好几个人问我，说明大家比较关注。昨天一位老师在我那里聊天，他也做剪纸，我第一句话就问他，你描吗？他说没有。我要诚实，我一定要描。比如说这样的一张纸，我必须在背后描，描完以后根据线条来剪，剪完的方向是相反的，左右反过来了。那么在描的时候，就要知道它是相反的，构思要准确。是不是每一张图都要描？当然不是，比如说特别简单的，像五角星、红双喜这些东西，当然不需要描。

剪纸是二进制，不像绘画有浓淡的过渡，剪纸没有。我始终觉得，中国人有自己的审美趣味和欣赏习惯，跟文化基因是有关系的。简单说，我们的审美基因是黑白的，有几种表现。第一是水墨，水墨画西方人是不喜欢的，黑不溜秋，抽象写意；西方油画色彩丰富，重在写实。第二是青花，青花瓷西方人也欣赏不来。所以，像景德镇这样的官窑，青花会做得更好；德化这样的出口民窑，粉彩做得好，雕塑做得好。围棋、书法也是黑白艺术，其实在明朝以前，春联都是白纸黑字的，低饱和度，特别高雅。

我们会发现，水墨、青花、围棋、书法都是二进制。剪纸在操作上也是二进制，要么有，要么无，是一个镂空的艺术，特别像木雕、石雕。雕塑是可以随意加减的，可以重重叠叠，觉得鼻子太矮了，加一块泥巴就好了。木雕、石雕你试试看，一刀下去，没了就没了，耳朵太短，鼻子太矮，没办法加上去，风险特别大。剪纸也是这样，不小心把它剪断了怎么办？有时候我会在背后给它黏回去，反正拍照片没人看出来。事实上自己觉得很不舒服，心里面有一个疙瘩。二进制就是有和无，你必须在 1 和 0 之间做选择，你要想好，要么给它剪掉，要么留着，对想象力的挑战特别大。

当然，如果只是满足个人的兴趣爱好，剪着玩，也是无所谓的，是很容易学的。我要表达的是，任何一件事情，你如果把它当作业余爱好，都很容易学；但是你要把它提升一下，当作一种艺术追求，就很难。

我比较喜欢剪对称的作品，对称的剪纸功夫在折，我们要折左右对称很容易，四角对称也很容易，但是要折出一个五角对称就非常见功夫。我小时候剪五角星，一刀下去要剪出一个五角星来，关键是折得好，要是折得不好，打开以后立即就知道出问题了。只要折好了，任何人都可以剪，斜斜地剪一刀就可以了。所以我们讲对称的构图，关键是折的功夫，想象力在折的时候就已经完成了。如果是非对称的作品，就要把各个要素想清楚，要在有限的表现力中呈现思想内容，就要非常简洁，简洁地指向你要的内涵。

唐：听了觉得很有意思，我都想跟你学学剪纸。刚才讲到30年前、40年前这些农村的家庭妇女，她们要去描吗？她们是怎么剪的，好像比较简单，是一次性剪出来的。你带了一些作品来现场，能不能介绍一下，哪些是一刀剪出来，哪些是描好以后再剪出来的？还是都有不同的处理的方法？

吴：比如说这张头像，背后是一定要描的，非对称，不描怎么可能剪得像他？特别是五官这个部分，要在纸的背后描轮廓。比如说毛姆，我剪他的侧面，要点是从额头到鼻子、下巴、脖子这个位置，把这根线描对了，就没有问题。这是另外一个科幻作家阿西莫夫，同样的道理。

还有部分对称的作品，构图就比较简单，先剪成对称的，再把多余的剪掉，就成了非对称了。比如这张开卡车的司机，汽车是左右对称的，剪完对称以后，我再把右边的人剪掉，因为司机不可能两个，只能有一个。

唐：这个很有意思。其实对称起作用蛮大的，很微妙，对称性成为剪纸的某种美学特质。当然，有更多的作品是非对称的。另一个问题关于空间的想象，因为剪出来是一个空间的关系，甚至是比较特殊的透视关系，就看我们怎么理解这种透视。比如说西藏的唐卡，往往也是一种对称，但是它的透视是很有意味、很自觉的；还有一些原始部落文化，包括非洲的雕刻艺术，有很多类似的技术处理。

我觉得剪纸的对称性有材质本身的特点，造成艺术形态的不一样，在这种创作背景下，想象力益发显得重要。另外讲到颜色是单色，其实现代艺术，包括后现代艺术，往往强调不是像什么，有时候强调的是不像什么。更多的是一种留白，甚至是对想象力的展开或者挑战。我反倒觉得，剪纸一直在提供不同的审美可能性。讲到这个想象力，一个剪纸艺术作品多大程度需要想象力，刚才已经回答了一部分，那么想象力的价值是什么？和写作相比，剪纸的想象力有什么不一样？比如说空间想象力，其实我刚才也说了一部分，我想再听听你的理解。我一直在想，你的剪纸作品中的牛，是不是跟常规的透视不一样？而且对称本身有时候是很奇怪的，对称有一种装饰美，一种强烈的装饰性，一种独特的视觉美感。看到蝴蝶、狮子、猫这种对称不断地重复，我们在当代艺术中有很多类似的情形，它成为一种手法，比如像波普艺术不断重复一个图像或者一个影像，它本身就是一个手法，我看大部分都是对称关系的处理。

吴：比如说金鱼，可以做成左右左右，也可以做成四角对称，其实就是折纸的变化。刚才说的这头牛，它的身体是左右对称的，但甩出去的尾巴只能有一根。我按对称的画面剪就变成两根尾巴，然后我把一边的尾巴剪掉，就变成非对称了，处理起来比较容易。

唐：我很好奇，以后剪纸作品展览的时候，你怎么署名？是写在下面的小块介绍里，还是作品暗藏一个你的小标签？或者什么都没有？

吴：我也在想这个问题，以前没弄过。昨天我还请教裱画老板怎么办？其实大家都没有经验，我所了解的几个做剪纸的朋友，每个人的方式都不同。剪纸跟字画还是不一样的，在裱背的时候就会成为一个问题。我特地去问做裱画的老板，剪纸能不能裱？他说没有办法裱。原因是，剪纸不同于国画，国画是整张纸，剪纸是破碎的纸，怎么贴上去？就成为一个问题。也没办法上浆糊，因为剪纸太细了，纸张也差，是写对联用的、最便宜的纸，遇到水，红色会洇到旁边，颜色会溢出来，一定裱坏，一塌糊涂。

老板说，不是钱不钱的问题，我根本不会做你这玩意儿。那么我问，别人怎么办？我发现各有各的办法，有的人根本就不裱背，放在盒子里，或者夹在一本书上，自己看。你说的署名确实是个问题，我暂时无法解决，得琢磨一下。

唐：这方面以后可以继续探讨，看看做展览时如何具体呈现。忽然想到一个问题，听说你在剪纸的同时还在创作剪纸童书，以后会出一本剪纸绘本吗？

吴：我的想法不是一本，是做一套，剪纸绘本不是我的原创，只是在中国比较少，日本有几个大师级的人物一直在做剪纸绘本，上海美术电影制片厂在 20 世纪 70 年代也做过一些剪纸的动画，这些动画电影后来也做成连环画，我买了一些。剪纸其实是中国文化、中国符号、中国要素，可以讲好中国故事。我在想，能不能用中国元素来讲中国故事呢？为什么人家用剪纸可以讲故事，而且讲得那么好，难道我们就不行吗？这个没办法解释，我觉得一定行。

问题是，我们把力量分化掉：有一部分老太太在剪纸，她还是剪着玩的，或者是在景区进行艺术表演；那么我们的卡通动漫也很发达，就是剪纸动画、剪纸绘本失传了。当然，绘本也有很多人在做，但是他们觉得剪纸的表现力非常有限，或者说他们对剪纸没兴趣。我只是既有兴趣，也想做的那个人。

唐：可以说一下吗，如果这套书要出，第一本大概什么时候会出？内容或题材大概如何？

吴：我跟几个出版社的朋友沟通，他们都表示怀疑，吴老师你做得了吗？吴老师你开玩笑吧？绘画都很难，就不要说剪纸。剪纸怎么表现？我后来拍了一些照片给他们看，我说，你看人家加拿大可以，以色列可以，日本可以，为什么我们就不行？他们说，难度比绘画大，你别搞错了，没那么简单。不然你先做一本我看看？

所以现在的我的压力挺大的，我要先做一本给他们看，让他们知道，剪纸原来表现力这么强。事实上，我现在做完一些彩色的剪纸，就发现画面是有问题的，因为剪刀的痕迹太重，没有办法达到出版物的要求，必须重新设计一下。

唐：我个人觉得可以探索跟实验，但这种形态、色彩，这种彩色的画面已经失去了剪纸本真的味道。有时候传统一些的手法，反倒更能发挥天马行空式的想象力。

吴：里面有两个问题。比如我剪人物，如果要艺术感强一些，装饰性强一些，就应该抽象一些；但如果剪得抽象，就不像这个人。这是问题的一面。另一方面，如果要剪得很像，一看就是这个人，就会失去剪纸的想象力。读者就会觉得，你这个是剪纸吗？比较难两全。

唐：认真看了一下，你这些彩色剪纸有点像水粉、水彩，而不像一张剪纸。

吴：对，实际上是剪的。你看，处理起来非常复杂，做这么一张，我差不多要花一个上午才能做完。因为彩色纸张很难选择，比如说我用黑纸对不对？描完以后，把这个不需要部分抠掉，抠掉了背后再垫一张粉红色的纸，这个地方也是这样，我抠掉以后再垫白纸，全部垫完以后，我再把边上剪掉，边上剪完最后垫上绿色的这张纸，背景就是绿色。做起来很难，又要被人质疑，你这个还是剪纸吗？真是吃力不讨好。

唐：我觉得更像拼贴，对，更接近那种艺术手法。

吴：问题是，你要如何扬长避短，把剪纸的特性表达出来？比较难的。

唐：我觉得太像，其实是有副作用的，因为很多艺术形态它就是介于在“像”与“不像”之间。你再“像”，能盖过照片、影像吗？

吴：没错。所以我现在任重道远，得先做一本出来。我现在的流程是，自己先设计，设计做完以后，让画家放到电脑上再重新设计一遍。这样给出版社，人家才会认可，不然太粗糙。当然，如果是剪纸展览，可以用粗糙的原稿。

唐：最后一个要问的是，剪纸需要美术基础吗？这门手艺更适合老人，还是更适合小朋友？有没有可能成为青少年美术教育的一种新形态？

吴：你这样问，就好比问唱山歌需要音乐基础吗？两个问题是一样的。我们可以说需要，也可以说不需要。比如说这个人唱山歌，是砍柴的时候唱的，因为无聊，听到旁边山头上也有一个砍柴的人，他通过山歌来表达，吆喝一下，吸引对方的注意。旁边山头的人也用山歌回复，其实两个人都是乱唱的，没有曲调，随便唱都可以，反正是搭讪的意思。但是，如果你在电视台表演山歌，至少是在舞台上，那么你是一定要懂音乐的，没有受过演唱的专门训练，是唱不了的。

剪纸的情况也是这样，如果说我们回到民俗，回到乡村生活的要求，剪纸其实不需要文化，目不识丁也没关系；如果是旅游区的剪纸表演，没文化也没有关系，剪好卖给游客就行。但是，如果我们要把剪纸做成一个平面艺术，成为展览品，成为一本出版物，成为思想的表达方式，没有深厚的美术功底是不可能的。我有时候想，自己真是没事找事，但是这种挑战很刺激，一旦做成了，会非常有意思。

我本人一直喜欢画画，只是画得不好。小时候家里养了一只猫，又有一只野猫来投奔，岗头村的禁忌，养猫是不能双数的，只能是单数。我妈就叫我在墙上画一只猫，凑成三只，单数。你去过我老家，看过墙上那只猫，那是我最早的美术作品。很有意思，很多人都见过我画的那只猫，但不知道背后的故事。所以，我谈不上有美术基础，但要把剪纸这件事做到我自己要求的水准，做到艺术表达的高度，非常艰难。不一定能做成，说实话。

唐：刚刚听了这么久，我也有了学一学剪纸的冲动，挑战自己的想象力，挑战自己对材质和颜色的感受力，挑战自己的动手能力。我真切觉得，剪纸确实需要综合的能力。听吴老师一席谈话，剪纸的表现力，由于颜色比较单一，它更多的是通过轮廓形体来呈现，我个人反倒觉得会成为剪纸的特质，它更能让你纯粹放飞自己的想象力。由于最近在集中研究儿童绘本，我又重新翻读一些经典绘本作品，觉得不少绘本的美术构成与剪纸有异曲同工之处。所以坚持剪纸的艺术形态特色，其实蛮重要的。所以，我们也很期待你的剪纸绘本能早日出版，一睹为快。

吴：我是这么想的，刚才你问到剪纸更适合老人还是适合孩子？其实是更适合孩子的。理由如下：

第一，老人要么老花，要么近视，手会哆嗦，剪纸并不适合。

第二，剪纸的表达力很弱，但是造型能力很强，跟雕塑一样，有点像小孩玩彩泥，可以有各种造型。一张纸，通过孩子的剪刀会发现它的变化，能体验创作带来的惊喜。

第三，通过剪纸，孩子会发现文化跟纸张是有密切联系的，除了阅读的书本，绘画、书法都跟纸张有关，离开纸张，我们的文化无法呈现，情感无处表达。如果加上剪纸，通过剪纸的训练，小朋友会更加全面地、深刻地理解文化和纸张之间的关联，会知道只有纸张才是文化的精髓和核心，不但可以拿来阅读，拿来画画，拿来写作业，还可以在上面练书法；通过剪纸，小朋友会理解纸张的造型能力，培养空间想象力，完成艺术的基本训练。剪纸要求动手，手要非常灵巧，脑指挥手，在纸张上实现他的造型诉求，这是非常好的一件事情。

我为什么要做绘本？就是想让小朋友知道，剪纸可以有这么复杂的表现。激发他们对纸张、生活、艺术的热爱。

唐：我们一直关注青少年教育，想请吴老师给我们做一档或做一个系列的“剪纸”节目，视频也好，课程也好。一个系列的内容设计，教小朋友、教青少年怎样参与到剪纸艺术活动中来。这可行吗？

吴：这个课程可行，只是我本人的功力非常有限，没有什么成就，在剪纸艺术方面我自己也需要学习，但是我很感兴趣。很感谢光典学堂，给我一个互动的机会。有一个家长邀请我过两天给十几个小朋友教剪纸，闹着玩来的，我非常高兴，来呀，到我工作室来，让我跟小朋友沟通一下，看看他们有什么反应？

我非常在意小朋友对作品的反应，我们出品的儿童书，我一定会有一个环节，就是让小朋友试读。比如我儿子的同学来家里玩，我就打印几本分给他们看。这些小孩是最不讲情面的，我一本新书给你看，你碍于我们俩的交情，一定会说写得不错，不好你也不会说出来，这是成年人的局限。但是小孩不管你这一套，他们最直观，好看就看，不好看他就丢掉去玩。因为可玩的东西很多，可以上网，可以玩游戏，可以互相打闹，为什么要读你这本书？所以，如果这本书孩子们可以趴在沙发上一口气读完，说老实话，这个书差不到哪里去。

同样的，如果一件美术作品的受众是少年儿童，就应该给他们先看。我现在做的很多东西，都喜欢给小孩看看，他们指手画脚、七嘴八舌地胡说八道，会给我们很重要的启发。因为他们很直观，最重要的是他们不讲情面。所以，你如果给我一个机会跟小朋友交流剪纸，对我而言也是一个学习的过程。谢谢！

唐：刚才提这个问题时，我是这样思考的：剪纸对青少年小朋友来讲，动手是很重要的一方面，更重要的是对想象力的训练，对世界保持一颗好奇心。剪出一个东西，像不像也许不是最重要的，关键要剪出一个他所想象的世界，一个全新的世界。对，我觉得这可能是它的真正意义所在。如果这个小朋友不知不觉丧失对这个世界的好奇心，我觉得对他的成长不是好事。所以从青少年教育的角度，我们如何剪出一个故事来自然很重要，但“像”或者“不像”绝对不能成为最终的标准，关键他能否勇敢地表达自己的想象和思考，勇敢地把他想表达的东西用剪刀创造出来，呈现为一个故事。

另外，有否可能让孩子们一起成就一部作品，一群孩子共同参与，他们共同探讨并合作剪出一个作品。又比如说，吴老师你也参与进来，通过老师的启发和带动，作品的一部分由吴老师来完成，其余部分由小朋友发挥想象力，用他们的理解，用他自己手上的剪刀，让它最后成形。我觉得这类作品也很有意思。如果把这些作品集中，拿来做呈现做展览，会让更多的孩子参与到这种动脑、动手的剪纸艺术活动中。这是我最终对刚才提议的补充解释。

今天的这个直播到此就结束了。

吴：好，谢谢大家的收看。

唐：好，谢谢大家。

（唐天，著名诗人，文化学者，厦门市思明区作家协会主席）

《光典学堂》2020 年 10 月 6 日直播

哔哩哔哩网 2020 年 10 月 9 日播出

陈忠坤对话录：一半是冰山，一半是火焰

陈：通过一系列的活动，我才知道女童教育是联合国教科文组织的优先事项。2020年国际女童日，联合国教科文举办了“将性别平等置于新一代教育的核心”线上活动，过去25年被教育改变生活的年轻妇女和女孩在活动中发声。那么，谁是中国的女童教育的先驱呢？

吴：毫无疑问，是陈嘉庚。1917年2月，“私立集美女子两等小学校”借“向西书房”做校舍，正式开学，共招收60名女生。给就学女生以生活津贴，鼓励女子上学。“女禁”既开，风气渐成，影响深远，集美社和邻近乡村的许多家长纷纷主动送女孩入学，学生数量日增。集美女子学校有独立的校歌，还有晨会歌、晚会歌，这在他创办的学校中是独树一帜的。于是，厦门跟上海、宁波等地，成为中国最早尝试女童教育的城市。

陈：我记得是1916年10月，陈嘉庚委派胞弟陈敬贤回家乡筹办师范与中学，同时计划创办一所女子小学。对长期受封建思想禁锢的集美社的乡亲来说，女子上学是一件稀奇事，也是一件让人难以接受的事。

吴：那时候的女孩子，被遗弃、买卖、抱养、抵债，当婢女、当童养媳，是很普遍的。20世纪20年代的公共租界鼓浪屿，

尽管受到西方思想的影响涌现出许多新女性，但封建遗毒尚未肃清。当时闽南地区的财主、富绅家大都蓄养婢女，这种恶习也被带到鼓浪屿。

虽然上海、宁波等地创办女子学校比厦门早，但那是教会办的。陈嘉庚可不是传教士，他只是觉得女孩的命运太悲苦，所以说他才是女童教育的先驱。

陈嘉庚能打破“女子无才便是德”“重男轻女”的陈腐观念，提倡男女平等，主张给予女孩享受教育的权利，现在当然没什么，在当时可是了不起的观念进步。那时，集美社的女孩子要帮家里做家务、带弟妹、剖海蛎、养猪放牛，谁舍得让女孩子去上学呢？那不是吃闲饭吗？陈敬贤携夫人王碧莲挨家挨户探访，苦口婆心动员，有时为了让一个女孩子上学，要说服三代人。父母同意不够，还得爷爷奶奶同意，还得女孩本人愿意。为了弥补女孩上学给家里造成的损失，陈嘉庚给每个女孩每月补助两元。两元是什么概念？那时候一个保姆的月工资就两元，码头搬运工一个月也不过赚三元。这在私立学校中，是绝无仅有的。

陈：看问题确实要有时空的维度，才能进行有效的比对。刚才说到陈嘉庚是 1917 年创办私立集美女子两等小学校，可是你的长篇小说《爱拼才会赢》写 1927 年的厦门，大户人家打死婢女的恶性案件仍然时有发生。跟在集美读书的女生比，鼓浪屿的婢女可以说是云泥之别，那时的厦门，一半是冰山，一半是火焰。

吴：我经常说，没有陈嘉庚，厦门至少要落后一百年。1927 年的厦门，可以说是中国人的政府，日本人的天下，外国人的租界。华侨云集鼓浪屿，日本浪人横行厦门岛。中国最现代的城市，却是婢女最黑暗的年代：大家可能不知道，那时候的厦门，竟然是中国最大的婢女买卖市场。

养婢女数少则一人，多则十几甚至二三十人。婢女生活凄惨，被主人随意买卖。大户人家把穷人的女儿，从七八岁买进来当牛做马，百般虐待，往往迫害致死。有幸活到一定年龄，不是收留为妾，便是贩卖为娼。1929 年，许春草和张圣才等人在鼓浪屿笔架山召开民众大会，成立中国婢女救拔团，目的是“希望于最近期间达到推翻婢制，并禁止人口买卖”。婢女救拔团是全国首个婢女救援团体，他们敢把军政要员、富商之家前来求助的婢女保护起来，被收容的婢女叫“院生”，按年龄大小被安排读书或学做女红，达到结婚年龄后自由择偶。

所以说，没有对比就没有伤害，比对一下当时的那些大户人家，就知道陈嘉庚的观念有多超前，有多了不起。

陈：所以说《爱拼才会赢》是中国女性的自我解救，是社会贱民的血泪控诉。你在小说中写出最卑微的人物，也有最壮烈的人生。正如专家所言，厦门的中国婢女救拔团声势浩大，不仅收容逃奔至此的婢女，还努力把她们培养教育成普通的社会公民，在历史上留下了浓墨重彩的一笔。

吴：90 年前的厦门，公共租界鼓浪屿成立的中国婢女救拔团家喻户晓，当时的国联专门派人访问这一组织。这场举世瞩目的妇女解放运动震惊世界，婢女涅槃重生的故事传扬天下……但是大家不要忘了，这场轰轰烈烈的婢女救拔运动，有许春草的铁肩担道义，更有陈嘉庚男女平权的思想支撑。

陈：近代以前，所有国家对男性和女性都实行截然不同的教育制度。柏拉图鼓起极大勇气，在《理想国》中提出，男女天赋并无区别，进而提出实行男女同校。

吴：性别平等不仅是一项基本人权，也是充分发挥人类潜力、推动可持续发展并最终实现和平社会的重要环节。除此以外，增强妇女权能还对生产力提高和经济增长具有促进作用。

陈：为了进一步打破重男轻女的封建思想束缚，大力提倡女子上学，陈嘉庚决定在集美学校设立女子师范部，招收女子师范讲习科和预科，首期100名学生。1921年2月，集美学校女子师范开学，辖女子小学。女子师范学生的待遇与男子师范一样。女子教育与男子教育率先在集美学校得到同步发展。同年，集美学校尚忠楼落成后，作为女子师范部、女子小学的校舍。女子师范有什么办学特色呢？

吴：从1925年10月19日出版的《集美周刊》上可以看出，集美女小的教学方针提出因材施教，培养学生的动手能力，以及学生的表达能力，德智体美劳五育并举。

德育，培养学生的爱国热情，开展抗日救国活动。

智育，邀请高碧珊硕士和张蔼贞女士来校指导，学生自己动手，油印出版《天马报》，传播文化和科学。女子中学成立阅读指导委员会，指导学生的课外阅读，推荐新出版的书籍。

体育，开展排球、篮球比赛，组建课外活动队，派女学生到同安参加县运动会。

美育，邀请著名画家张书旂进行“美与人生”的讲座，开设美术课，举行歌舞表演。

劳育，集美女子小学举行烹饪比赛，组织学生在葆真堂后面空地建筑畜舍，饲养鸡和羊。

可以说，创办女子小学、女子师范，为妇女解放和女性运动开了先河，也改变了无数女子一生的命运。

陈：陈嘉庚对女童和妇女教育的重视，是贯彻到整个教育活动中的。1927年2月，女子师范停办，改为女子初级中学。9月，增办集美幼稚师范，进一步为女子上学创造各种有利条件。1930年9月，女子中学增设乡村师范科。女子受教育机会再次增加。

吴：远不止这些。陈嘉庚还在新加坡倡建南侨女子中学，他创办的厦门大学也坚持让女生享受同等教育，厦门大学因此成为国内最早招收女生的 7 所大学之一。

陈：挖掘和整理集美学校女童和妇女教育资料，是对陈嘉庚教育思想内涵的丰富和提升。

吴：陈嘉庚的超前在哪里？联合国大会直到 1948 年才表决通过《世界人权宣言》，提出“人人都享有受教育的权利”，且用“不论性别”加以明确。联合国妇女署警告说，要充分实现男女平权和机会平等，我们还有很长的路要走。联合国秘书长安东尼奥·古特雷斯先生表示，实现性别平等并增强妇女和女童权能是我们这个时代的未竟事业，也是当今世界最大的人权挑战。

陈：不容忽视的是，几乎所有的未来构想都由男性主导。从长期来看，女性会接受这个男性主导的世界，并将自己限于对性别平等的不断追求吗？还是她们已经勾画了完全不同的世界远景，并将设法使其得到男性同伴的认同？

吴：按照 1949 年的计划，联合国教科文组织在大力宣传《世界人权宣言》的同时，一直在跟进调查女性受教育的情况。当然，联合国教科文组织作为联合国的文化机构被赋予其使命，必然要考虑如何实现教育的性别平等。

陈：为实现这一目标，联合国教科文组织采取了什么措施呢？

吴：女性的工作地位通常低于男性，这与女性所受教育程度和工作资历有一定关系。文盲率无疑是女性面临的最严重的问题。1980 年的统计数据预计，1990 年时全球女性文盲人口将达到 5.17 亿，占全球 15 岁以上女性的 32.53%。

联合国教科文组织须与联合国妇女地位委员会保持密切合作，尤其是在涉及教育问题的情况时；它还密切关注成员国在通识教育、中小学以及大学教育方面的政策。

陈：对女性的偏见由来已久，诸多中世纪和文艺复兴时期的手稿和编年史提到，许多富有才干、勇敢无畏、受过教育的女性在政治、艺术和文学领域发挥了相当大的作用。然而，这些杰出女性的出现仍未能消除大部分男性的性别偏见，正如莫里哀在戏剧《女学究》中所言："让女性接受教育本身就不对，而且出于多方面考虑，女性不需学习，也无需通晓许多知识。"

吴：即便是哲学家与教育家也久囿于盛行其时的性别偏见。弗朗索瓦·费讷隆所著的《论女子教育》在当时看来极具先进性，在该书中他宣称："别让年轻女性越界。要让她们明白，身为女性，对待科学，应端庄谦虚，保持距离，如同人们对待恶习养成的恐惧一般微妙谨慎。"甚至卢梭也断言："女性之美德依仗于其无知与顺从。"

直到法国大革命，人们的态度才发生了彻底的转变。当时，孔多塞写道："女人与男人一样，具备同等理性，能够运用才智，推动社会发展，造福全人类。因此，为女性提供良好的知识训练，这非但不会妨碍她们相夫教子，反倒还能让她们更具贤能——更好地帮助丈夫保有对真理的热爱与对公益的热忱，并在其子女中培养此种精神。"

这些观点，在当时看来不仅晦涩抽象，理论说教之感扑面而来，但却为未来性别观念之变革埋下伏笔。

重视女童和妇女在科技和数字领域的深度参与和领导力提升，在社会和教育转型过程中做到"不让任何一个人掉队"，是性别教育平等的目标。解决女性受教育机会的不平等问题，事关纠正由来已久的不公平现象。尽管这种不公平没有过去那么严重，显然，世界上还有很大一部分女性的受教育权仍得不到保障。

陈：陈嘉庚先生受西方先进的女子教育影响，是国内最早一批开展女学生教育的学者，也是中国早期妇女教育的先行者。他创办的学校培养了许多优秀的各行各业女性代表，为女性教育播下了珍贵的火种。陈嘉庚有留下什么物证吗？关于女童和妇女教育的，现在还能看到的？

吴：集美嘉庚公园的纪念馆，展出过 110 件陈嘉庚珍藏的外国文物。其中一件瓷器特别有意思：两个胖胖的孩子，一男一女，躺在沙发上酣睡，脸上溢出甜甜的微笑。这件来自德国的瓷器是当年陈嘉庚先生的最爱，因为体现了男女平等和女孩的幸福生活。据华侨博物院的首任院长陈永定先生说："这件德国素胎瓷塑孩童，是陈嘉庚先生在 1957 年的时候，花了 120 元钱在北京琉璃厂的古玩市场买下的。"

120 元在 1957 年是一笔大钱，由此可见陈嘉庚对这件瓷器的喜爱。陈永定记得，陈嘉庚每次到华侨博物院，都会停在这件德国瓷塑前看上许久，脸上洋溢出满足的笑容。瓷塑中的孩童长 42 厘米，高 22.6 厘米，质地细腻。一男一女两个孩童都穿着睡衣，垫着靠枕，侧靠在长椅上熟睡，女童偎依在男童身边，神情安然，非常可爱。这件难得的瓷塑珍品，是陈嘉庚先生男女平等的心声表达。

陈：你写过《少年陈嘉庚》，你觉得陈嘉庚先生男女教育平等的思想根源，跟他的少年记忆有关吗？

吴：密切相关。陈嘉庚勤俭持家的母亲，在那个艰苦的岁月中，没有丈夫依靠，全凭一己之力养育三个儿女，她的善良、坚忍、顽强的性格，对少年陈嘉庚起到言传身教的作用，还有他跟妹妹的深厚感情，都让少年陈嘉庚暗下决心，将来一定不能亏待女性。

陈：感觉陈嘉庚先生对女童和妇女教育的重视，没有很好地传承下来。

吴：还是有一些活动的，只是不多。比如，2017 年金砖国家领导人厦门会晤期间，厦门大学成功举办了“美好青春我做主”艾滋病防治宣传校园行——走进厦门大学活动与第二届联合国教科文组织女童和妇女教育奖颁奖仪式，展示了中国形象、福建成就、厦门魅力、厦大风采，受到各方高度肯定。这就是一种传承。

（原载《陈忠坤对话录》）

序与跋

绿色的风飘在春潮与金秋之间

——《冠豸山下·绿色的风》同题专号策划人语

当我们编完这期《冠豸山下·绿色的风》同题专号，时令已到夏至。然而，我们的心绪仍然停留在春天，停留在雾蒙蒙的拂晓的期待中。

巍峨冠豸山，九曲文川河，以她独具的风韵和沃野哺育一代又一代骚人墨客，曾经从这里走出罗丹、江举谦、童庆炳；造就林国良、张永和、林斌；涌现黄征辉、马卡丹等。如今，崭新的连城迎迓更有潜力的新秀破土而出。

作为全县唯一的文学刊物，我们肩负着展现创作实力、培养文学新人的重任。也基于此，我们将一改以往大拼盘的老面孔，不遗余力搞活版面，不惜版面发表力作，不偏力作推举新篇。今后，将陆续编出专号专版专栏，以不断变幻的新姿态奉献给读者。

这一期，我们之所以以《绿色的风》为同题，是因为绿色的风驱散忧愁、冲毁冬的镣铐，带来花的洪流，奔泻酩酊的芬芳。绿色的风是向往的火苗，是理想的开端；是美好的云彩，是富饶的起始，是伴你浪迹四方的风帆。

这一期，是倡导，也是宣言；同时也是出征的旌旗为你鸣锣开道。作为编者，我们期待老朋友的支持、新朋友的关照，期望读者的批评、期盼大家踊跃赐稿。刊物不仅是门面，更是纽带和桥梁，联系编者、作者、读者的，是她；团结文学爱好者的，只能是她。

这一期，从春天征稿到夏天编出，让我们携手，走过春雷打过、野火烧过、杜鹃花层层飘过的红色土地，走向丰收的金色秋天。

（原载《冠豸山下》1994 年第 2 期）

冠豸：梦想与荣光

——《冠豸山下》冠豸文学专号策划人语

连城？不知道不要紧，你告诉他那里盛产地瓜干，同时有个冠豸山，这样，你便可以走天下。当年，冠豸山被评为福建十佳风景区之一，从耄耋老人到小学生的那份激动啊，至今想起来还倍感温暖。冠豸山被列为国家级风景区的消息传来，城乡的每个角落无不欢欣鼓舞。

沉默千年的冠豸负载我们的梦想，成为沟通的渠道、联络的纽带、建设的桥梁、开放的门窗。冠豸山，当你作为旗帜，招展在阵线最前方呐喊的时候，不要忽略 30 万人紧盯着你的目光。文学梦的实现所付出的艰辛与劳苦难于言喻，但依然有更年轻的人来接力这样的梦想。他们凭着青春的骄傲徘徊在冠豸山和石门湖的山水之间，寻觅才情之所、倾诉所在，冠豸山启发了多少文学的憧憬和美丽的迷幻。

商品大潮的旋涡把包括文学在内的艺术推向边缘地带，文学成了心甘情愿的殉道者的二度家园。翻翻我们的作品，不难发现让冠豸创造荣光走向辉煌是一代又一代文化人的心愿与梦想。近年来的两次文坛大聚会，将冠豸作了两次有力的意义推进，冠豸山以她万峰朝斗的胸怀收容了作家们的文才与怀念。

如是，对连城而言，冠豸具有象征和表达的双重意义，是集梦想与荣光于一身的神明之山。编这个专号，旨在让读者集中领略作家语言涵盖的满怀诚挚之心。

这里，有方家大雅之作，也有无名晚辈的细雕精品，但他们被这方山光水色所震撼的心都是情动于中而发于外、心多所感而印与物的。

诗人蔡其矫的《冠豸山》情溢山水，语言朴实，不愧是名家新作。“魂系龙津水，梦回冠豸山”是舒婷的两句留言，品读《再别连城》，可闻檀香之气，别有情味。张惟《击水石门湖》与谢春池的《雨中游石门》相映成趣，两地作家深厚的情谊充分地展现了出来。陈志铭、王伟伟、黄征辉和马卡丹就民间叫“马锥石”的照天烛分别写了《南天一柱》《雨中马锥》《俗雅之间》和《冠豸山石记》，取材相同，却各有情趣，无不为这根石柱所折服。陈仲义从冠豸的读音落笔，写下《冠豸的读音及其他》，可见诗论家对冠豸山之厚爱。林培堂《高山仰止》，苏浩峰《寻梦》，都表达了对冠豸山不忍割舍的深深的情结。鲍周义冠豸遇雨，写下《冠豸留韵》；陈福榁《冠豸命笔》，古香古色，别有风味；南河写《冠豸日出》，写出了朝气和理想。读谢桂犀的《名匾沉浮》，却不禁生发出人生诸多感叹；吴尧生另取曲径《读松》，对一棵古松难以忘怀；山风《冠豸雨》后，是一片斜阳辉照、群山灿烂；而蓝春在古老的心迹上《冠豸写意》，俯视文川；曹燮激情汹涌作《冠豸怀想》；沈春玲以纤细文笔描叙《心绿》；黄昆和马祝全的诗作也值一读。

关注冠豸，在每一个太阳照山顶的日子，每一个潮水起又落的时光。

（原载《冠豸山下》1994 年第 3 期）

冠雄风越千年

——《冠豸风》创刊词

今天，我们已经跨在世纪之交的门槛上，面对公元第三个千年辉煌的日出，完全有理由说，我们是幸运的一代。

冠豸山，自从丹霞地貌浮出海面的那一刻起，她就在等候我们。像一个盼子还乡的母亲迎风而立。冠豸风，吹过了一个又一个空旷的纪元，掳掠闲置的文川大地。看啊，那步履蹒跚的是客家祖先筚路蓝缕以启山林；你听，那松涛阵阵是一代拓荒者在篝火边的欢声笑语。当北方的寒潮袭来，这些寻找家园的人们都把饱含热泪的眼光转向你。冠豸山，是你苍凉的胸膛为呼号无告的人群遮风避雨。从此，一个逃难的民系就与你永远相依；你穿越千年的雄风不再孤寂，开始抚慰众多受伤的心灵。

冠豸山，客家神山。

当目睹了远大的荣光与血腥的罪孽，冠豸山却缄默无语，她对我们的期待永不止息。今天，我们来了，我们拥有一个共同的心愿，让整个世界的视线都被她吸引。《冠豸风》，是我们抛出去的一片心头血，是我们树起来的一座纪念碑。让我们高举五四运动以来几代人科学与民主的旗帜，为冠豸山永不屈服的性格作有力的见证。明天，澄清的朝霞将在她的身旁布满红玫瑰，把一个公正无私的传说写在千年纪元。

冠豸风，呼啸千年的雄风。

（原载《冠豸风》创刊号，1999 年 6 月）

名人和我们的关系

——《冠豸山与名人》跋

名人

简单地说，名人就是出名的人。他们不一定伟大或杰出，但在生活中一定重要：社会名流对大众重要；影艺明星对少年重要；文坛大家对读者重要；书画巨擘对风景重要。名人的形成不排除偶然和运气，然而名人在他所在的那个领域无疑是领风气之先的人物，为热爱他的人们起到语言、行动甚至道德示范的作用。这就是名人活动的社会背景。

我们

我们是平凡的人，这是个不辩的事实。假如你想有终一日也成为名人，那我肯定你乐意去研究名人成长的经过以及他们的成功经验，假如你追求“平平淡淡才是真”，一般而言你会对名人的生活细节感兴趣，因为他们生存的空间与我们有别。这就是我们和名人之间的关系，名人和我们的区别在于，他们引人注目，我们随意自然。

我们和名人

不论你是谋划已久的最终成行，还是心血来潮的一闪念，你来到冠豸山就说明你与这座名山有缘。好了，你终于穿过石门湖、越过鲤鱼背、走过一线天，也许你还爬过竹安寨或旗石寨，当你准备打道回府时，一个意念已经在你的心间酝酿已久：到底有哪些名人来这里？他们为冠豸山说过什么话、做过什么事？有什么趣闻？这本《冠豸山与名人》要回答的，就是你想知道的。

（《冠豸山与名人》，谢小建主编，中国文联出版公司，1999年9月）

滞留：风景一隅的蓝春

——《蓝色旗语》跋

蓝春居然写了数百首的诗歌，当我翻阅厚厚的《蓝色旗语》时，我感叹说：蓝春是个虔诚的写作者。把写作过程当目的，这是那些以文学为跳板的人所做不到的。

初中同学的时候，蓝春就是个打扮得干净，颇惹老师和女同学喜爱的小男孩。在一群农村孩子中，蓝春白净的外表、活脱的笑靥显得与众不同，他母亲严厉的家教更是叫我们害怕。到了初三，蓝春竟然在地区文艺刊物上发表诗歌散文，这就让我们羡慕了。这么个早熟的人，是注定要经历更多的感情磨砺的，我们从他大量的爱情诗歌中可以看出。高中毕业后，我去部队站岗的同时蓝春到锰矿八号点教书，职业大相径庭，处境却有惊人的相似之处：百无聊赖无所适从。八十年代初期诗潮烂漫，我们别无选择地被卷入其中，这样，我和蓝春的通信理所当然地就要互相寄赠诗文。因此，《蓝色旗语》中有相当一部分作品是我以前就拆阅先睹为快的，现在重新浏览，不禁要慨叹物是人非什么的。我和蓝春的关系就像一摞碗，因为天天摞在一起，所以免不了会相碰。这是命定，人不能更改。

蓝春诗歌创作史上的壮举是创办《远方》诗刊，远销新疆石子河等地，虽然是油印刊物，但它所散发出来的一股质朴清香却是与梦中辙印联系在一起的，故而难以忘怀。读者很容易看出，蓝春大多数诗作写自八十年代后期，像他所面对的孩子们的脸庞那样纯真和直率。情窦萌动，而蓝春所处的环境又是单调和灰色的，只有通过写诗，才能摆脱孤寂与烦闷，激活起诗性的话语。到了九十年代，蓝春到了城乡结合部的县城工作，职业又是热闹的播音员、记者，诗作也就不再单纯地歌颂爱情了，出现了短暂的迷乱，甚至有些应景之作。这不奇怪，作为一介书生，我们实在给不出什么像样的东西作赠送礼品。

蓝春生活在丧失信仰的年代里，无疑的，以情感为核心的感性生活就浮出海面，上升为他精神的至高点。蓝春是注重情义的人，这点已经成为共识。当然，这跟他外来户的出身不无关系，在亲戚屈指可数的情况下，朋友肯定会大面积生长。在蓝春的笔下，亲人、朋友、同学、同事，工人、农民，甚至酒友，无所不包。要把如此各色人等变成诗作，除了语言技巧外，确实要在心里装有他们。细心的读者会发现，蓝春赞颂亲情的诗歌不仅绵长畅达，而且深切动人。迄今为止，蓝春还常常反省母爱，因他苦难的母亲早已离他而去了。我永远不会忘记，在医院里他母亲拉住我的手叙说对儿子牵挂的情形，以及蓝春诉说丧母之情时深远的痛楚。

除了母亲没有自始至终地辅佐他，蓝春的人生几乎没有缺陷，房子、妻子、儿子，如果不是过于迷恋诗歌，一个而立之年的年轻人该有的都有了。当我们朋友间在议论谁才是幸福者时，蓝春就成了公认的对象，因为其他人不是心比天高命如纸薄，就是壮志未酬怀才不遇，所谓幸福即是内心所指与行为能指趋向一致。中国诗潮后浪推前浪，不知有多少诗人如风尖的糠秕，被时光无情地涤荡。但蓝春似乎永远在岸上看风景，既没有搏击风浪的惊险，也不被滚滚诗潮堙没。蓝春一直未曾停止写诗，他只写自己愿意写和乐意写的东西，滞留在诗坛风景的一隅，成为诗歌的一块站牌。

我期待着蓝春能走出固有格局，我也知道，能摇身一变成文学明星的人毕竟是少数，而以文学为敲门砖或楼梯的人就多了，他们一看文坛无利可图拔脚就跑。可见，像蓝春这样执着地写作，只顾攀登莫问高的人才是文学的栋梁。真的，离开蓝春他们，我不知道文学还能以谁为受众。

是为跋。

（《蓝色旗语》，蓝春著，中华工商联合出版社，1997 年 3 月）

痛者的抚慰

——《天堂之路》跋

据统计，最有可能成为作家的三种职业是军人、记者和医生，从医生而作家的以前有鲁迅、郭沫若，现在有余华、毕淑敏。军人要面对生与死的考验，要经历引而不发的痛苦。记者广泛接触社会，如果他有良心，就会有太多的难处使他的目光无处回避。那么，为什么医生的职业也与写作相通？我想，那是因为生理解剖通向心理治疗，而心理治疗又逼向人格研究。人的病因往往由心理障碍发展起来，有成就的医生都会重视探索人的动机、行为的动力和根源问题。弗洛伊德的精神分析学说认为，人的重要行为表现，是一个人自己意识不到的动机和内心冲突的结果。我只是想告诉大家，当你看到医生罗福基在写诗歌的时候，不要觉得匪夷所思。

罗福基亮出了“福基骨伤治疗研究所”的旗号，“研究所”一词形而上的宽泛概念道出了罗福基生存状态的艰难指向。更多的时候，罗福基独自一人枯坐在诊所内面对县城最繁华的大街，街上车辆前呼后拥、行人摩肩接踵。如果是普通商店，有顾客进来老板无疑要喜出望外，然而罗福基开的是诊所，所以，病人在期待的视野内出现时，罗福基露出的却是忧虑之色。我只知道人的病症千奇百怪，药的功用各有千秋，但我不知道罗福基经过深思熟虑之后龙飞凤舞开处方的心态是否接近创作。医生开处方的笔迹总是行云流水，字里行间包含着自信、激情、权威，并且暗藏着某种不言而喻的杀机，这点颇似创作。

跟大多数诗人一样，罗福基的创作始于金色年华的大学时代。那时候，他是福建中医学院学生诗社的负责人，诗情同青春梦想一样蓬勃地生长，罗福基以数量可观的诗作赢得了老师与同学的侧目。罗福基那时的作品，是一种单纯、明朗的审美经验与较为简单的艺术本体相结合的产物，表现了理想、豪情、哲理和校园式田园牧歌的情境。罗福基作品的魅力并非来自日常现象的自然美感，而是来自生活触动下情感的内省。作品的内容也不是描述生活场景，而是情绪和感受，他追求的是诗情的丰满，而不是事实的丰富，使读者能观照到自己青春的影子。

走向社会后，罗福基就没有在诗坛抛头露面，但他在诗歌的园地里默默地耕耘。罗福基的诗歌和他的生活一样，只精益求精，绝不滥竽充数。重要的是，罗福基对自己充满信心，投入千变万化、五彩缤纷的现实生活中去，实现作品对生活的真正参与。不追求时髦和潮流，不模仿任何诗歌流派，以其精确的表达揭示生存演进内在的律，这是罗福基诗歌最大的特点。他善于以小见大，从普通人的平凡立场看到时代的印记，触摸到当下的脉搏，把读者引入一个豁然开阔的世界。罗福基强调本我所在，自己在生活和创作的海洋中扬帆掌舵，以痛者的姿态出现，并且抚慰其他痛者。

认识罗福基是在医院值班室，他高挑的身材、蓬松的头发、斯文的眼镜，以及身穿冗长的白大褂踱过病房走廊的情形，都给我留下潇洒的印象。但是罗福基在医院没待几年就辞职下海了，我不懂他的动机，只看到他的结果：比别人吃了更多的苦头。从此，罗福基开始在闽粤两省跌宕起伏，其中的艰苦自不待言，然而，有胆量率先下海的人，且不说预尝到了成功的甘甜，起码有对未来的预备。因为我们不理解从技术经营过渡到资产经营的进步，更不明白资产人格化的重大意义。此间，罗福基诗作的数量锐减，充满了对往事的回首与对前景的眺望，标志着成熟和完善。

曾经置身逆境的罗福基，由于现实冒犯了他的美感，反而激励了他对幸福的珍爱。通读《天堂之路》不难看出，罗福基在诗歌中营造了一个安居的世界，和解了他和现实的紧张关系。正如莫达尔指出的那样，人若置身逆境，就会创造一个梦想的世界。做苦工的人幻想悠闲的生活，住在贫民窟的人幻想着奢华的大厦，失恋的人会假想自己与爱人欢聚的情景。诗人把梦想化成艺术，治愈了自己的焦虑与创伤，也安慰了许多人。肯定的，罗福基的诗歌适合心身疲惫需要宁静的人，那些诗句就像一只细致的手，抚慰受创的伤口。

作为无神论者，罗福基在作品中多次出现了对神的冥想，因为他困倦的灵魂需要安歇。“天堂”是信徒切实的所在，人的罪未经赦免是没有“之路”的，罗福基扬言有“天堂之路”，并不是生活实际，仅仅是乌托邦式的期待。前面说过，医生对人生的终极有一种本能的关怀，体现在作品中就是对价值的追问。诗人都是心思发达的人，他们强烈的表达欲望绝不亚于医生开处方，可是，他们自以为能写尽人间的苦难，却不知道自己是个盲者。假如没有真理的亮光，人就不可能看到盼望，黑暗就没有尽头。罗福基对神产生冥想，至少说明他的内心饥渴慕义，不论是医生还是诗人，这样的人有福了。

（《天堂之路》，罗福基著，中华工商联合出版社，1997 年 3 月）

持守：社会良知的言说

——《月亮树》跋

当罗阳要出版一部作品集的消息传开后，所有文学圈内的同仁都表现出惊讶，因为许多终身卖文为生的人也未必有这种机会与殊荣，更何况像罗阳这么一个名字陌生的年轻人。且不说《月亮树》的作用和地位，有勇气出版集子至少说明作者对自己作品的信心，一种质量的积累和潜在的张力。关键是一种言说的冲动，特别是这种言说是在持守社会良知的前提下，这是写作成立的基本点。

罗阳为人端庄稳重、说话通情达理、做事细致认真，当然有自己痛楚的记忆和不平的经历，但罗阳不是爱张扬的人，拒绝使用让人厌倦的聒噪方式。罗阳把情绪变成一缕缕可有可无的叹息，表现出年轻人少有的化解能力。在广泛谋求交易的今天，罗阳热情忠厚的处世态度让我恍若回到了古代，古道心肠通常书上才有。冠豸山文化艺术节演出的晚上，我在影剧院楼座的最后一排与罗阳的父亲并坐，我说罗阳怎么不来？老罗说他只有一张票，让我来了。这体现了罗阳秉性中孝敬的一面，将一张炙手可热的门票交给年迈的父亲，我并不理解为仅仅是细节。

假如有人认为罗阳是被激流磨光棱角、八面玲珑的鹅卵石，那是经验科学的谬误。事实上，罗阳始终持守着知识分子的立场：社会良知，并对世风保持着高度的警惕。大学时代，罗阳作为校诗社的台柱，曾为诗歌付出不凡的努力和牺牲。走出校门后，生活出示了真实的面孔，罗阳也收获了确切的情绪和感受。然而，一种人生的原则却始终不变，那就是社会良知的核心：批判性。人各有各的活法，人心各有各的法则，我们只是要探讨怎样的法则更适合艺术创造，更接近艺术的本质。卡夫卡认为：除了一个精神世界外，别的都不存在。我们称之为感性世界的东西，不过是精神世界中的恶而已，而我们称之为恶者，不过是我们永恒的一个瞬间的必然。

读者很容易就可以将罗阳的作品分成校园内和校园外两个部分，这说明罗阳完成了从书生意气的纵歌过渡到进入意象的抒写。在校园作品中，罗阳的诗歌总是让读者回忆起童年、少年那种无忧无虑的心境，唤醒即将泯灭的童真，给人以纯真的印象。当然，大学生的诗作通常有夸大人生痛苦、放大同窗之情的倾向，他们过于迷恋一些空洞的话题，又对形而下的具象念念不忘，生存的担子反而被忽略了。读罗阳这个时期的诗歌，不禁会心一笑，想起自己血气方刚时一派真理在握的样子。这正是罗阳作品的意义：言说了一代人的心声。青春即便是个错误，也要大家轮流犯一次，这才是人生的公平。

罗阳曾经当过若干年的图书管理员，整天面对浩如烟海的文字，它们中有人类精神的结晶，也肯定有误入歧途的文化垃圾。无疑的，罗阳在那里学会了选择和鉴别，使他明辨是非，坚定了日后言说的立场。此间，罗阳写下了许多气势宏大的散文，那些原本重要而又被人遗忘的主旨在他笔下蓦然展开，形成动人心弦的真切画卷，像一个尘封的记忆之门被悄然开启。在历史与生活的严峻中，罗阳持守知识分子社会良知的法则，本着诗人的敏锐与明亮，以热烈得近于痛苦的构思，写下了显示内心风暴的篇章。

写作如果不是谋生的手段就是心思的需要，罗阳显然不靠写作谋生，那么，他的写作只能是心思的需要。这是作家良好的出发点，再加上一个必须持守的立场，这样的言说者是值得期待的。

（《月亮树》，罗阳著，中华工商联合出版社，1997年6月）

几句题外话

——历史专著《厦门与台湾：交融共进》后记

20 世纪 80 年代，我在厦门某部当兵，当年哨所的位置就在现在的国际会展中心。那个时候，虽然已经发表了叶剑英委员长的《告台湾同胞书》，但两岸关系仍然处在剑拔弩张的状况。当我们武装到牙齿，在因为戒严而显得空旷的沙滩上巡逻时，双方的高音喇叭会开足马力比拼宣传大战，自己的喇叭用“五星红旗迎风飘扬，胜利的歌声多么嘹亮”来教化“亲爱的台湾同胞”；对方的喇叭用“好花不常开，好景不常在”来说服“共军指战员弟兄们”。其实，不论喇叭的功率有多大，听众就我们双方站岗放哨的“这几条枪”。

当我们在军人俱乐部上政治课的时候，指导员灌输给我们的是“台湾”；当我们潜伏在甘蔗丛中紧紧盯住海面的时候，满脑子想的是“台湾”；当我们拾起对方海漂物品的时候，读到的是“台湾”。“台湾”像一枚坚硬的钉子，深深地嵌入我青春的胸膛。

这是因为，人性中有最基本的自我肯定机制，表现在地缘关系上就是“谁不说俺家乡好”，表现在血缘关系上就是“亲不亲故乡人”。那么，无论从地缘关系来看还是从血缘关系来看，呼唤两岸和平统一就是中华民族最基本的自我肯定机制，这不是什么深奥的政治问题，而是每一个中国人内心深处本能的情绪。

退伍十几年后再回到厦门，已经找不到从前的哨所，取而代之的是雄伟挺拔的国际会展中心。透逦的海滩也一扫往年的阴森之气，被红男绿女的一片喧哗所占据。和平的阳光像粉一样撒在我的双肩，连拂面而来的海风都有一股香甜的味道。也是在那一天，当游轮一点一点靠近时，甲板上的我们甚至向驻守在金门岛的哨兵挥手呼喊，出人意料的是，他们也在向我们招手致意。我心中坚硬的钉子融化了，在一股难以言传的暖流中。

这本书的写作是在孔永松教授和厦门市台办领导的手把手指导下完成的，写作的过程让我明白一个简单的道理：大陆和台湾就像我们的左耳和右耳，它们看起来天各一方，其实血肉相连。在此，笔者有几句相关的话要说：

一是要感谢洪卜仁老师、厦门大学台湾研究所提供了宝贵的历史资料，感谢张侃、王予霞、罗礼太诸位历史学博士和好友杨天松等人给予的有力支持；

二是囿于材料的缺乏，以致对林圮、林右藻、林豪、吴文秀等开发台湾的厦门名人，及李伟光、陈其昌、翁振华、赛月金等在厦门的台湾名人无法就笔，让笔者产生一种揪心的遗憾；

三是本书按人物活动的时间先后排列，这样，从郑成功的部将陈永华读到厦门特区的开发者林梦飞，就好比读了一遍厦门、台湾的三百年史。

本书即将完稿时，笔者收到堂哥从台湾发来的邮件，他说了一通老家扫墓、修祠堂之类的事，在连篇累牍的家常中，却有一句话深深地打动了我。他说：

“没有人可以否认两岸同属一个中国，就像没有人可以否认我们哥俩同属一个祖宗一样。”

（《厦门与台湾：交融共进》，吴尔芬著，海风出版社，2004年7月）

时代的证据

——《人性的硬伤》跋

人的自我肯定机制首先表现为相似认同，对吴载文的好感就是出于我们的相似性：农家出身、读书偏科、当兵服役、新闻写作、生计漂泊，以及五百年前不知道是不是真的共一家。正因为如此，虽然我们接触不多，但谈话从来不需要寒暄过度，第一句话就直奔主题。吴载文给我的印象是个文弱书生，军旅经历与记者生涯丰富了他的人生，使他的思想敏锐，并带有一点冷暖自知的哀愁。

三种职业最容易成为作家，军人、记者、医生，吴载文三者居其二，我对他是寄予厚望的，只是没想到他会从事一种直接介入现实的写作。记得我当兵的时候，第一篇作品就是发表在《前线报》的言论《“从来如此”与“本来不该”》，批评个别军官多拿多占。我深知，言论是不好写的，有意识形态的原因、有思想多元的原因，既难以畅所欲言又容易让人对号入座。后来，我就不写言论了；再后来，我连报纸都不看了。谁都知道，这是个信息爆炸的时代，也是个信息污染的时代，小小的厦门市每天出版的报纸就超过一百个版面，打开它们，就像掉进汪洋大海中，总让我想起司马迁的话，“常人安于故俗，学者溺于所闻”。关键是，这些浩如烟海的新闻跟我生活有什么关系呢？认真想一想，没关系，至少关系不大。还有，整天读新闻，我要不要读书了？

让我惊诧的是，吴载文能够从浩如烟海的新闻中捕捉到时代的证据，并赋予个人的立场。这个时代弯曲悖谬、这个时代变化莫测、这个时代让我们心乱如麻、这个时代让我们坐立不安。一个铁一样的事实是，我们每一个人的生活都比以前更好过了，但幸福指数却直线下降，这是为什么？吴载文帮我们收集了这个时代的证据，你看，贪得无厌的官僚、弄虚作假的美女、形容枯槁的民工、衣衫褴褛的乞丐，在虚浮的背后，有多少丑恶让我们的目光无处回避。

吴载文不满足于罗列事实，他凭自己的良心进行评说，通读《人性的硬伤》不难发现，吴载文有两点可贵的执着。一是平民视角，总是以老百姓的角度打量世界、诉求公平与正义；二是责任担当，字里行间透出一股国家忧愁，在人人都以成就自己为目标的今天，一个记者的国家忧愁是难能可贵的。我想，前者与吴载文的平民出身有关，后者与吴载文在部队受教育多年有关。

时代的证据一定要保存好，《人性的硬伤》不但值得一读，还值得收藏。至少我是一定会收藏的。

（《人性的硬伤》，吴载文著，人民武警出版社，2005 年 3 月）

艺术的母题

——《生死朗读》序

对绝大多数人来说，死，毕竟是令人痛苦的事情。面对生命的最后沉沦的毁灭，当死神叩响大门的时候，我们普通人的心态可以用“恐惧”来概括。

死亡意识，不只是日薄西山的暮年人或不可救药的病人有；对死亡的恐惧、焦虑，也不是暮年人或病人特有的现象。死亡是伴随着人的一生的极其深切的实际问题。因此，如何理智、平静地面对死亡，调整好对死亡的心理适应，是临终关怀的意义所在。

我们讨论死亡问题是轻省的，死亡临到自己头上就是难以承受的重担。我们惧怕死亡，不一定就是对今生的贪恋，有可能是不知道自己死后要去哪里，也有可能是没有活够。泰戈尔说，“天空没有留下鸟的痕迹，但我已飞过。”这就是人生，当你缺乏的时候，你渴望；当你拥有的时候，你厌倦。

叔本华认为：“我们怕死绝不是因为死亡中有痛苦，一方面，痛苦显然是在死前这一面的，另一方面，我们正是每每为了躲避痛苦而投奔死亡……我们所以怕死，事实上是怕个体的毁灭。死也毫无隐讳地把自己表现为这种毁灭。但个体既是在个别客体化中的生命意志自身，所以个体的全部存在都要起而抗拒死亡。”沉沦于死亡的恐惧和悲哀之中，实质上便是沉沦于我们自己制造的恐惧和悲哀之中，便是沉沦于自己制造的绝望之中。从本质上说，我们对死亡的恐惧，只是来源于对人的死亡的恐惧。确切地说，是来源于对个体自我毁灭的恐惧。

与死亡恐惧相对应的是死亡诗意，古代许多文字资料都讲到死亡曾带来惊人的美学感受，其中有一篇叫《一个思想者同自己灵魂的谈话》，这是一篇四千年前的埃及先知用莎草纸写成的文献。这是一个困顿绝望者的绝妙自白，他试图用诗的形式使自己信服：死亡是仁慈的，是令人快慰的。

我今天面临死亡，如大病初愈，如离开病床。

我今天面临死亡，如莲叶的馨香，如陶醉的河岸上。

我今天面临死亡，如远离了暴风雨，如游子回到故乡。

我今天面临死亡，如多年的囚徒，渴望同家人欢聚一堂。

我今天面临死亡，如没药的芬芳，如在绿树浓荫下淋浴风凉。

《生死朗读》以生命教育和临终关怀为主题，以名著读后感和电影观后感的形式阐述生命的意义与死亡的尊严。我想，这不是因为死亡主题让作者难以释怀，而是因为临终关怀最能表现人的精神面貌和人的内心渴望。

恐惧是人类不可战胜的宿命，因为人类面临死亡的威胁。死亡的不可逆转性、绝对性导致世间的每一个人对死亡怀有难以逾越的恐惧。为了能够延续自己的生命，人们愿意承受一切代价，包括苦行修炼、建功立业、生儿育女。求生的欲望是一切欲望的核心和焦点，生死是一切艺术形式的母题。

《生死朗读》的作者牢牢把握住这一亘古未变的主题，并用细腻而诗意的文字表达出来，这是作者思想的价值，也是这本书的价值。

是为序！

（《生死朗读》，释传法著，华夏文化出版社，2011 年 9 月）

车之两轮　鸟之两翼

——《话说台湾地方文化根系中华》导语

布罗代尔不仅是当代法国最著名的史学家，也在世界史坛享有盛誉，公认他是“当今世界首屈一指的史学家”。布罗代尔力图把人类社会的历史作为一个整体来研究，并以该体系及其各组成部分密切相关、相互作用所形成的结构和功能关系，再现处于动态过程中的历史总体。

作为布罗代尔的代表作，《地中海史》旁征博引，译成中文长达150多万字。作者从总体历史的思想出发，努力把16世纪后半期即西班牙国王菲利普在位时期（1556—1598）的地中海世界作为一个整体来加以考察。在作者笔下，地中海不再是一个毫无生机的海洋，而是一个充满激情和生命的历史人物。

众所周知，十五至十八世纪是西欧资本主义开始兴起的时期，或称前工业革命时期，但对资本主义怎样和为什么在西欧萌芽、发展，商业资本与工业资本的关系如何，各地区之间的横向联系对资本主义起什么作用，工业革命为何发生在英国等问题，各派历史学家、经济学家的解释大相径庭。布罗代尔对这些问题提出了自己的独特见解，他把中国资本主义不发达的原因，归诸国家的干预和阻碍，并以中国资本主义在国外（例如南洋群岛）

蓬勃发展作为反证。中国厚重的文明一直对布罗代尔有特殊的吸引力，因为中国文明经过历史上的所有动荡，保持了自己特殊的连续性。

布罗代尔用著作为自己树起了一座丰碑，也是世界史学发展史的一座高峰，因为自从布罗代尔发表《地中海史》以来，区域史研究在史学中的地位越来越高。传统的台湾史研究已经展开了近百年，可以说硕果累累，既有日本早期研究台湾史的著名学者村上直次郎、岩生成一、中村孝志等人的大著，也有台湾学者方豪、曹永和等大家的雄文，这些大师的著作虽然发表时间已有几十年，依然具有不可替代的价值，人们在遇到相关问题时，仍然要仰仗他们的成果。20 世纪 90 年代以来，由于“台湾问题”所引起的普遍关注，两岸各大学竞相开设台湾研究中心、研究所，甚至研究院，投入台湾史的研究队伍也日益扩大，各种成果汗牛充栋。但以布罗代尔整体区域史的理论来看，大量的学术论文虽然各有成就，但大多论文没有将台湾与海峡西岸的区域史联系起来。实际上，台湾史如果离开福建史与潮州的区域史是不完整的。

台湾与闽南的亲缘性，从“台湾”一词的来源也可以略见一斑。连横在《台湾通史》中记载了这样一则广为流传的民间说法：“台湾原名‘埋怨’，为漳泉人所号。”明代闽南人入台垦殖，因“天气所虐，居者辄病死”，死后连尸骨都难以运回故乡定葬，“故以‘埋怨’名之”。因为“埋怨”不吉利，而闽南语“埋怨”与“台湾”音同，故改称“台湾”云云。民间传说虽然有些牵强，但也从一个侧面反映了闽南人率先开发与垦殖台湾的艰辛。显而易见，台湾地名的演变和确定是和海峡两岸关系的不断密切以及岛内的逐渐开发密切相关的。

台湾最早被称为夷洲。《后汉书·东夷传》写道：“会稽海外……有夷洲及澶洲。传言秦始皇遣方士徐福将童男女数千人入海求蓬莱神仙，不得，徐福畏诛，不敢还，遂止此洲。”这是关于海峡两岸人民往来的最早记载。清初地理学家胡渭在地理学著作《禹贡锥指》一书中认为后汉书中的夷洲指台湾，澶洲指今吕宋岛，得到学界认同。从隋至元朝甚至到明朝中期，在长达千年的时间里，台湾被称为“流求”(隋)、“留求”(元)、“琉球”(元末明初)。张燮写于明万历四十五年（1617 年）的《东西洋考》内有一篇介绍台湾的文章，叫“东番考”。然而，到了明崇祯八年（1635 年），给事中何楷在奏疏中就使用“台湾”这一称呼：“……海上岁无宁息，今欲靖寇氛，非墟其窟不可，其窟维何？台湾是也。台湾在澎湖岛外，距漳泉两日夜程，地广而腴……”这篇奏疏被收录于《明史》。这是我国正史称台湾之始。

闽南文化是指以闽南方言为其最基本特征，产生于福建厦、漳、泉闽南地区，流传于闽南、台湾、东南亚闽籍华人聚居地的地方文化。闽南文化亦可称之为“闽台文化”“河洛文化”“福佬文化”和“闽南方言文化”。在福建与台湾的文化传承与交流中，具有内在的稳定性与统一性。我们从共时态审美的角度观察的话，就可以看到两岸文化的内蕴风格与气质上体现出：基本统一的方言——闽南方言；以南音、高甲戏、歌仔戏等为主体的民间文艺形式；覆盖闽南与台湾的民间宗教神灵；以及相近或相通的民俗民风。这四个方面是福建与台湾长期文化历史发展过程中不断形成积淀的共性，也是与其他区域文化相别的独特之处。从文化功能学派的观点看，这四个特性正是其相似的自然生态环境与社会经济结构的纵深制约。文化问题，尤其是两岸文化的渊源关系问题，大量涉及移民历史和移民文化的播迁，其实质是个历史问题。本书在创作的过程中要特别交代：

一是为了叙述的方便和生动，部分章节以人物小传代替历史描述，因为历史是人写的，没有人物活动就没有历史进程。

二是在强调两岸中华文化同祖同根的同时，侧重于闽台文化的同构性，这绝对不是概念的混淆，而是两岸真实文化面貌的陈述：在语言文学与口传文学方面，大中华文化基本同质；在民俗与戏剧方面，闽台趋向一致。

三是故意避开荷兰、日本文化对台湾文化结构的影响，这也不是作者的疏忽。由于本书要阐述的是台湾文化根系中华，至于台湾文化是如何批判地吸收荷兰、日本文化，那就超出作者的视野了。

在此，笔者要感谢洪卜仁、王予霞、杨天松等人给予的有力支持，没有他们提供的宝贵资料，我的创作将困难重重。

一道浅浅的海峡，隔不断两岸人民的情与缘，更阻挡不了两岸人民相互交流与合作的愿望。自 1987 年台湾当局开放台胞赴大陆探亲以来，福建省凭借闽台深厚的历史渊源关系和独特的区位优势，吸引大批台湾同胞到福建寻根问祖、旅游观光、兴办实业，推动了海峡两岸人民的相互往来，加深了彼此之间的了解。

求木之长者，必固其根本；欲流之远者，必浚其泉源。大陆与台湾，盈盈一水，殷殷相望。天然的地缘，加之在历史长河中发展起来的史缘、血缘、文缘、语缘、神缘、俗缘和商缘，紧紧地将两岸联系在一起，如车之两轮、鸟之两翼。

（《话说台湾地方文化根系中华》，吴尔芬著，华艺出版社，2011 年 11 月）

那该来的必定要来

——《大汀州》跋

事实上，在敲定合作编辑《大汀州》之前，我跟陈日源主任有多次的项目磨合，我有的提议被他否决了：比如举办一次全国性的建筑美学高峰论坛，他认为时机不成熟，因为一江两岸还没建成；他有的提议被我否决了：比如请一位全国著名的作家来长汀创作一部能打响的长篇小说，我认为作家写一个不熟悉地方不会出好作品。

陈日源是个执着而敏感的人，对文化的钟爱程度超乎大家的想象。他在连城担任分管旅游的副县长期间，整天躲在培田数算破败的旧房子，那些深藏民间的风物习俗、鲜为人知的联匾条幅、晦涩难懂的诗词选注、真假莫辨的民居故事，培田一切的一切，陈日源无不如数家珍。如今，培田成为旅游胜地，那些不被看好的、破败陈旧的老房子成为辉煌的客家庄园。我和黄征辉是最早提出保护开发培田古民居的倡议者，陈日源以他的远见与坚持实现了我的梦想。我对他的敬重如同培田村口的石牌坊，那是人心的丰碑。

2012 年 9 月，省委统战部组织福建艺术家“生态长汀行”，在长汀县国家历史文化名城管理委员会听“一江两岸”建设汇报的时候，意外获知陈日源是人大常委会主任兼名城管委会主任。听陈日源说汀州是一种享受，有历史、有文化、有个人情感和见解，他把那些正史与野史、学说与传说掰碎了，揉在一起，捏成有生命、有血肉的条块，鲜活而有趣地呈现在我们面前。那不是对材料的熟悉，也不是官员的背功，而是一个文化追问者与地方掌故的气脉相连，心中没有爱、没有激情，甚至没有一种难以言表的固执，是断然做不到的。

我是个文化好事者，一个好事的作家遇到一个执拗的官员是注定要做点什么的。这么磨来磨去，终于达成编辑《大汀州》的共同意向。

决策已定，我们迅速成立由文学、客家学、教会史、地方史、中共党史、厦门大学校史等各方面的权威专家组成的编委会，并组成一个工作小组，奔赴中国国家博物馆、中国国家图书馆、福建省档案馆、福建省革命历史纪念馆、厦门市图书馆、厦门大学档案馆、厦门大学图书馆、厦门大学校史展览馆、厦门大学人类博物馆、闽西革命历史博物馆、井冈山革命博物馆、古田会议纪念馆、长汀县博物馆、长汀县杨成武将军纪念馆、长汀福音医院、厦门大学在长汀陈列室，以及规模不一、遍布各地的书店，广泛收集汀州八县老照片和图书资料。琥珀书店的老板阿沫是长汀客家妹，为寻找资料投入满腔热忱。庆幸的是，我有机会认识白克瑞与叶克豪两位研究教会历史的专家，他们无保留地提供给我大量清末民初外国传教士拍摄的汀州照片，这种慷慨与无私让我没齿难忘。

陈日源的开明之处是始终没有催我，没有下达截稿的倒计时。这就给了我们充裕的时间，给了我们慢工出细活的从容心态。

为了方便编辑与阅读，全书内容分为“千年州府”“名流荟萃”“红色摇篮”“乱世风华”“黎明前夕”五个部分。每个部分按时间顺序排列，人物按出生时间排列，让读者有历史感。

汀州人杰地灵，英才辈出，由于篇幅所限，我们在确定入选人物时，古代选择影响巨大的，现当代选择重大事件的参与者。从地域上说，汀州不等于闽西，也不等于龙岩市，而是历史上的汀州八县：长汀、连城、宁化、清流、归化、上杭、武平、永定。

许多历史事件的提法各种书籍莫衷一是，我们把参考文献附录在书后，就是为了让读者感受我们的苦衷。

关于图片出处，我们的原则是：摄影作品署名提供者，历史照片标明从哪里翻拍。由于时间久远，翻拍转载难以计数，历史照片的摄影者是谁，我们就实在是无从查考了。假如一张图片在若干个地方出现，我们选择最权威的出处。从网络上下载的图片，我们也诚实地标识出来。

有的图片是从玻璃橱窗翻拍的，我们要用电脑一点一点把玻璃的反光清除掉；大量的图片是朋友从书上翻拍通过电子邮箱发送过来的，我们要用电脑把倾斜的扶正、把弯曲的抚平、把模糊的调整清晰。所有这些都不难，难的是我们要对两千多张海量图片进行筛选和归类，并鉴定选编其中的四百七十张进入《大汀州》。任何简单的事，一旦量大就会成为难题。经常的，我们听说谁的手上有一张老照片，费尽心机联系上，花言巧语说服他，发过来一看，天哪，早就有了。我策划出版的图书已经超过五十本，但从没有像做《大汀州》这么劳累，当然，也从没有像做《大汀州》这么有成就感。以至于我对“汀州”两个字敏感到一种程度：在书店，我可以凭封面和书名判断会不会出现汀州的字眼。

一张图片到手，我们要辨认、要讨论，这是汀州吗？跟文字的引用不同，图片最容易犯的错误就是张冠李戴，因此，凡是在编委中有争议的图片，或是出版社编辑有质疑的图片，不管它多漂亮，我们一律忍痛割爱撤换下来。然而，无论我们如何努力，挂一漏万是难免的，《大汀州》是一部大型画册，我们以文配图，而不是以图插文，因此，有一些历史事件由于找不到相应的图片，就只好跨越而过了。为《大汀州》，我至少跑了十趟长汀，为一句措辞、一个细节、一张照片与主编陈日源反复探讨，征求当地专家意见。

有一条我们做到了：不管你再渊博，这本《大汀州》一定让你看到没见过的新东西。按陈日源的要求，我们编辑《大汀州》的目标是，“表现汀州人文景观，再现古城历史风貌，实现文史重大突破”。可以肯定，《大汀州》的出版，会让很多人翻拍我们的图片，对我们而言，这就够了。《大汀州》编完了，但大汀州史料的收集才刚刚开始，我由衷地期待，读者朋友若有新发现的历史图片，一定把电子版发到我的邮箱。汀州会感激你的作为，历史会铭记你的奉献。

宣和培田古民居、罗坊走古事、四堡雕版印刷是连城文化的标识，有趣的是，宣和、罗坊、四堡原来都隶属长汀县，直到20世纪50年代才陆续划归连城。作为罗坊人，我的父辈只会讲长汀话，并不会讲连城话。小时候在大人的带领下赴长汀童坊赶墟，要翻越石壁山的最高峰狗嬷山顶，正是这条崎岖小道，让少年的我领略了汀州的险峻、富饶与美丽。我清楚地记得，大人聊天总是口口声声说我们汀州如何如何。

汀州，那梦一般远去的辉煌，必定会在陈日源等一代有识之士的手上凝固于汀江两岸。保护、建设、开发、旅游、振兴，那该来必定要来，决不迟疑。

（《大汀州》，陈日源主编，厦门大学出版社，2013年12月）

有一种劳动叫写作，有一种梦想叫文学

——《劳动成就梦想》序

其实，写作也是一种劳动，而且是高危劳动。统计数据表明，在一百多个行业中，作家的自杀率是最高的。世人也许看到名作家的风光，然而对绝大多数作家而言，写作是他内心的冲动，是生活别无他途的必然选择。那么，写作能让人出人头地吗？答案是很难，不是一般的难，是巨难。因为写作门槛太低，不需要任何资格证书，写完了往网络上一贴就等于发表。既然写作不能给我们带来经济收益，那么这种劳动就成为义务劳动，是我们的身体所需要的，是我们心灵所渴望的，好比男人的高谈阔论，好比女人的精心打扮。

没有利益诉求的写作才是喜悦的劳动，因为我们都有一个梦想叫文学。

人类对文学的梦想是与生俱来的，儿童靠倾听故事催眠，男人靠阅读名人传奇支撑意志，一个家庭妇女呢，当她吃过晚饭洗过碗打开电视的时候，靠的是看两集电视剧打发漫漫长夜。文学好比自家的窗户，也许我们永远不会从窗户跳下去，却可以从窗户观赏到与居室不同的风景。文学也一样，当读完一部小说、看完一部电影，或者听完一个传奇的时候，我们不免叹喟连连。也许我们永远成不了文学中的人物，但是一篇出色的文学作品，总是为我们打开一扇认识人生的窗口。

在这次总工会举办的“劳动成就梦想”征文活动中，我从大量应征稿件读到写作的普遍意义，以及文学作为梦想的力量。数百篇稿件出自不同行业、不同年龄的作者，尽管他们的水平参差、内容迥异，有一点却是共通的，那就是真诚。他们把那些经历与体验、认知与感叹结合成有肌的整体，或生动，或呆板地展现出来。有青春的浪漫气息，也有岁月的沧桑暖意；有成功的回味缅怀，也有失败的冷热自知。当然，有相当部分的作品是缺乏写作经验的简单表述，或者虚假的歌颂、夸张的抒情。

因此，我们在评选的过程中，把握的首要标准就是真实：真实的生活，真实的感情，真实的细节，真实的赞叹。写作永远是写自己，作品首先是给自己看的，要感动读者首先要感动自己。写作跟其他劳动是一样的，柴米油盐、朝九晚五，那是我们生活的需要，是我们生命的呼出。写作不是炫耀，好比劳动不是杂技。

要我说，写作的根本使命就是对人类梦想的洞察，一旦梦想被悬搁，写作就很可能成为语言与形式的自我玩赏。作者那颗渴望实现梦想的心灵是永远无法与当下的现实达成和解的，这种现实性存在与作者的梦想性存在之间所构成的内在矛盾，便成了文学永恒的母题。

文学毕竟是人类梦想的产物，人类若离开美好的梦想，人格就要下降到动物，只关心自身肉体的快感，并发出与动物的声音类同的简单信号，这将是艺术的颓废和文学的穷途末路。作者的现实观察与文字表达离开了梦想，热情不能激活，想象力就要干涸，文学充其量是盲目的冒险。因此我说：

劳动成就梦想，写作成就文学。

是为序。

（2014 年 9 月，厦门市总工会、厦门日报社联合举办“劳动成就梦想——我是特区建设者”征文活动，此文为获奖作品序言）

燃烧的激情

——《哪有净土》序

当我翻阅王宏山老师的小说时，心里不禁感叹：他真是个虔诚的写作者。把写作过程当目的，这是那些以文学为跳板的人所做不到的。

坦率地说，王宏山的才华并非体现在文学上，而是体现在对事态敏锐的感觉和敏捷的反应。王宏山是这样一个人：谦虚勤奋，可命中注定当不了官。尽管这样，也没有听到王宏山在发怨言，而是对生活充满感激。王宏山跟我讲得最多的是谁帮过他，在以过河拆桥为能事的时代里，知道感恩是难能可贵的。因此我说，不谈文学，起码王宏山是个有良心的人。讲到人生的坎坷和那段不公正的待遇，王宏山会露出无奈与休戚，甚至得出命定的结论。某种程度上说，王宏山老师的创作包含了对生命过程的报答，是给自己的生活有个交代。这样，就能清楚地看到王宏山老师写作的动机以及选题的脉络。

王宏山生活在丧失信仰的年代里，无疑的，以情感为核心的感性生活就浮出海面，上升为他精神的至高点。王宏山是注重情义的人，这点已经成为共识。当然，这跟他台属的出身不无关系。细心的读者会发现，王宏山赞颂亲情的小说不仅绵长畅达，而且深切动人。

综上所述，王宏山的作品适合以下几种人阅读：不被世风浸染，愿意站在高处眺望的人；不为名利遮蔽，良知希望开启的人；走出交易，常常替朋友着想的人；抛开算计，有诚意追寻爱情的人；点滴之恩，当涌泉相报的人。

司马迁说，常人安于故俗，学者溺于所闻。当然，我们不一定是学者，即使是，我们也不愿意为所闻而溺。这么说来，做个安于故俗的常人不是更好？“故”是本来的所在，“俗”是正常的生存，而王宏山居然在故俗中燃烧自己照亮别人。要知道，就算你燃尽生命的故俗照黑暗，身边也不一定有取暖之火。因此，马丁·开姆尼茨这样说：如果在天平的一端放上我们的罪以及由于此罪所引起的神的愤怒，而天平的另一端只放上人性的死亡，那么前一端就会因过重下沉把我们撞到地狱中去。

中国文坛后浪推前浪，不知有多少作家如风尖的糠秕，被时光无情地涤荡。但王宏山似乎永远在岸上看风景，既没有搏击风浪的惊险，也不被滚滚潮流埋没。王宏山一直未曾停止小说创作，他只写自己愿意写和乐意写的东西，滞留在文坛风景的一隅，成为小说的一块站牌。

按我的理解，王宏山老师的小说并没有保持生活原貌，仍虚构而成。王宏山缺乏前卫作家那种对事物冷静观察的旁观者姿态，对结构布局和语言的训练也显然不足。但是，王宏山善于捕捉细节，并从细节中得到意义的诏示。不难看出，王宏山描述了工业社会给人带来的匮乏，而根源在于人内在的虚空：理想从生活中退出；道德从职业中退出；爱情从婚姻中退出。创作需要才华，指证却需要勇气，我高兴地看到王宏山在为弯曲的世代做见证人。

我期待着王宏山能走出固有格局，我也知道，能摇身一变成文学明星的人毕竟是少数，而以文学为敲门砖或楼梯的人就多了，他们一看文坛无利可图拔脚就跑。可见，像王宏山这样执着地写作，只顾攀登莫问高的人才是文学的栋梁。真的，离开王宏山他们，我不知道文学还能以谁为受众。

是为序！

（《哪有净土》，王宏山著，华夏文艺出版社，2015 年 6 月）

书生意气　挥斥方遒

——《冠豸和风》序

让儿子背古诗词，儿子问“书生意气挥斥方遒”什么意思？于是百度。百度百科说，所谓“书生意气”，就是只懂“书”，不懂“事”的意思。只懂书，不懂事，是很容易犯傻的。因为这样的人常常“认死理”。一个人，一旦只认“死理”书上讲的道理，往往就不大认得“活理”人情世故了。所以，一个读书人，如果在某件事上犯了傻，人们就会说他“毕竟是书生”。看到这里，我不禁哈哈大笑，这说的不就是陈福椪吗？

陈福椪的书生意气我是受益者，1992年我要去鲁迅文学院进修，单位不同意，毕竟少了个人手。我就找分管的陈副县长诉苦，陈述此次进修的伟大意义，书生果然被说动，当即给广播电视局写条子，说“机会难得机会难再”。其实，当时的陈福椪我认识他，他不认识我，但有了领导的批条，当然可以成行。

1997年我落难在家，停了工作也就停了工资，整天除了读书就是去二哥家蹭饭，还有就是吴尧生经常从办公室溜出来陪我下棋。虽然我只是条光棍，毕竟也要开支的，经济来源就是弟兄姐妹从门缝塞进来的安慰钱。我想借钱，可是向谁借合适呢？那些酒肉朋友连来看我的胆量都没有，还借得了钱吗？我再次想到陈福梿。我稍稍酝酿一下情绪就把陈书生打动了。

不但为人，陈福梿的为文也是书生意气的。你看他写的那些诗词歌赋，字字经推敲、句句有经典，不像我辈，不懂的就绕过去，不会的就含混其词。后来我靠做书混日子，几乎每一本书我都要请陈福梿把关，因为文字方面我只信赖两个人，除了陈福梿就是谢小建。那些在我看来可以随意涂鸦的即兴之作，陈福梿无一不道其心中所思，颂其心中所爱，字里行间充满人生况味。陈福梿的《思源亭记》和《都阃府遗迹警示录》已分别刻于石门湖思源亭和培田古民居都阃府前；《传承昭》则被用青铜铸字于龙岩大洋火车站广场。文人都有文章千古事的梦想，在我看来，陈福梿这些刻在石头上的作品已经是不朽之作。

陈福梿的诗词歌赋太重视文字了，我们不但可以读到韵律、节奏、准确和生动，还能读到丰富与激情喷薄的肉身感。文学要表现的，无非是生命在平常的日子里如何展开，情感如何在具体的对象上落实，爱与恨、情与仇、生与死，这些都是文学永恒的主题，都需要个人化的强烈表达。陈福梿太爱惜他的学问了，他不允许自己出错，他的学问成就了他。

同时，陈福梿太爱家乡连城了，因此他的书生意气不但表现在语言上，还表现在文本上。你看他写的那些文章，几乎都离不开连城，即使是虚构的长篇小说，每一个场景、每一个地点都是真实可靠的……陈福梿的长篇小说《冠豸仙姐演义》《盗墨宝》借助神话，让冠豸山、梅花山的景点以及连城许多地方的景点都披上了一层神秘的面纱，使之更具魅力。

书生意气还有一层意思，是说读书人胸中养就的刚直、敢言的骨气，不说不痛快的情操。“书生”应该是泛指年轻人，“意气”是意气风发，书生意气，挥斥方遒应该是：像年轻人一样意气风发，热情奔放，劲头正足。这么解释也像陈福梿。陈福梿从不倚老卖老，乐呵呵跟谁都能打成一片，所到之处，无不如春风拂面，这不正是书生意气吗？

我为陈福椬的第一本书《生活刚刚开始》作过一个短序，在我看来，那是长辈对后生的提携；现在再次为陈福椬作序，这是兄长对小弟的抬举。然而，当陈福椬告诉我，这是他的封笔之作时，险些把我击倒：如此说来，我竟然见证了一个作家的创作全过程？于我，这是何等的福气？

我每每告诫连城的年轻作者：你们要向陈福椬学习，生命不息创作不止。如今陈福椬宣布封笔，这不是榜样的隐匿吗？我有种一脚踩空的感觉。我想，陈福椬这样的重要作家一旦不写作了，踩空的不仅是我，还有我的父母之邦——连城。

是为序！

（《冠豸和风》，陈福椬著，天马出版有限公司，2015年8月）

三十功名尘与土

——《胜地笔记》序

屈指算来，我跟尧生结缘已经三十年了。三十年来，我在尧生家吃过无数餐饭，如果他家有一只缺口的碗，那一定是我咬碎的；三十年来，尧生这个戴眼镜的文人成为藏石人；三十年来，尧生那个跟我吃食堂的小男孩吴昊已经是个公司老板。三十年唯一不变的是尧生的散文，就像他收藏的石头，无论是三十年河东还是四十年河西，石头的面貌都不会改变。

如果你看到一个身材微胖的、戴草帽的中年人在河床上扛一根铁钎漫步，或者在路边的石堆踢踢捡捡，那大概就是吴尧生。没有野心的人才能行云野鹤，抬头看云卷云舒，低头看石大石小。三十年来，散文创作经历了沧桑巨变，从讴歌革命到语言探索，从历史表达到宏大叙述，从风土审丑到美文审智，成就了多少大师文阀，造就了多少潮流门派。只有吴尧生的散文是一成不变的，好比他老家罗胜村的竹林，以相似的郁葱、相同的林涛停滞悠悠时光的往前。

如果文如其人的话，这就是尧生性情中的淡定。淡定除了咬定青山不放松的信念，还是一种君子坦荡荡的胸襟。尧生秉持这样的生活信念：心底无私，天宽地阔；善恶有报，要做好人。坚守这样的文学理念：散文是用来咏物抒怀的，必以简朴的文字志之。尧生为官没有瘾情，为人没有滥情，为文没有矫情，半夜闻警笛睡得安稳，文人争风吃醋与我何干？

这样的人是注定要喜欢石头的。石头坚硬，风吹雨打不改其貌，民间以“屎窖里的石头又臭又硬”咒之；石头刚强，且有黄金的闪亮宝玉的容颜，歌曲以“精美的石头会唱歌”讴之。金属会锈蚀，木头会腐烂，钢筋水泥会溃散，只有石头，可以傲立风口浪尖千万年，惯看秋月春风。因此，石头容易唤醒人类不朽的幻想，达官贵人无不欲将名字刻入石头而后快。

结识了尧生的许多石友后，我常想，人应该怎样收藏石头呢？用我们的双手温暖它冰冷的身体？以最诗意的情怀命名最呆板的物件？用最细腻的心思品味最原始的自然？也许都是，也许都不是，总之是我这样的俗人做不来的。无疑的是，石头有人性的寄托，有文人的梦想，也许在我们的潜意识里，人和石头应该是融为一体的，一起见证历史风云，一起感叹沧海桑田。古今多少事，都凝聚在一方奇石的纹理中。

石头不会被风化，石头最忠实的朋友尧生却被时间风化了，那个斯文的机关年轻干部如今成了爷爷。尧生凝视孙子的眼神慈祥，阳光如粉，撒在这爷俩身上时，让我觉得所有的功名利禄真的是身外之物。尧生看破了这一点，而我年近半百才省悟。这是石头给尧生的启示吗？真是三十功名尘与土，八千里路云和月！

以岿然不变的文风，书写瞬息万变的时代，不也是一种散文奇观吗？

是为序！

（《胜地笔记》，吴尧生著，天马出版有限公司，2015 年 12 月）

生命独白

——《秋天的独白》跋

在这里，我要向读者介绍杨天松。这是一个沉默的人，在许多场合，他都自愿坐到最不起眼的角落，他脸上的安详我们想学也学不来，因为我们的内心满了欲望。所以我说，人什么都可以满足，但有一样永不会满足，那就是优越感。有房住了，还要“有天有地”；有职业了，还要削尖脑袋改行；为什么我不能进城；既然“行政”了，一直没有提拔未免太丢脸。当我们整个人被欲望充满的时候，也就被魔鬼充满，使我们神色紧张、呼吸短促、目露凶光。杨天松说，你看那飞鸟，不愁吃不愁穿，为什么人要发愁呢，人不是比鸟更高贵吗？因此，我愿意跟天松在一起，他水中倒影般平静的脸总是给我带来安慰。

我认识杨天松的那年，他还是个忧郁少年，刚走出福建师大中文系来到新泉中学任教。那时他蓄着小胡须，落落寡合地坐在文华书店的柜台里，像旧书中古道心肠的落难秀才，一段以书为缘的感情经历就在那里拉开了序幕。如今，天松已经是孩子绕膝的父亲了，这常常让我回想起在河边合唱《箭之歌》的美好时光。是呀，一切都将朽坏，包括我们这具肉体，人生如果没有盼望，我们的双腿这样盲目的忙碌不是很可笑吗？

事实上，那时候杨天松已经发表了相当数量的散文和评论，而且颇见功底。然而天松从不张扬自己，“作家要耐得住寂寞”，把这句话挂在嘴边的人往往是故作姿态的，天松绝不会说这么无聊的话，因为他根本就没想过要通过文学“打捞”点什么。文学不过是生命的独白，读了天松的作品后肯定要下这样的结论。一条小河、一座古屋、一棵老树，都会引起他由衷的赞叹；甚至一首民歌、一滴露珠、一片落叶，都能招惹他温柔的怀想。也许读者会想起泰戈尔老人从容平和的歌唱与赞美，也可能想到普鲁斯特对往事的咀嚼展示了时间无限的可能性，但我首先想到的是天松属灵生命的得着。那赐生命的灵将神圣的所是应用到他身上，借着那灵，他得着了爱、光、真理、生命、喜乐、能力，以及神圣的一切所是所有。本来，我们的生命是弥漫着黑暗、软弱和窒息的，但那至高的施恩宝座像活水涌流，叫我们的生命充实，满了意义。

虽然人拥有善良的性情，如真、善、美、智、仁、勇等美德，但因着堕落，恶性进入人里面，与善性相争。罪在人里面，叫人无法实行他良好的意愿，叫人的良心死亡，叫人的思想背叛，叫人的身体犯罪。人的堕落是宇宙间最大的悲剧，至今我们仍深受其害，举目所及，战争、不义、贫穷、犯罪、欺压、疾病，天天环伺着我们。这是我们生存的基本环境，而今天的文学，四处充斥着骄傲、嫉妒、仇恨和恐惧。作家的心里都黑暗了，我们还能指望他们的眼睛看清世界吗？曾有几次，天松进城住在我这里，我们对着大街上莫名其详的人流谈论文学，最后认为，我们完全可以不写作，因为写作是无益的。但是，文坛必须有一帮人站出来纠错，否则将滑到永远的沉沦。真的，不是我们高举自己，而是需要纠错的时代来临了。

就这样，杨天松用最朴素的语言来实现最直接的写作，虽然这种作品在文坛并没有市场。就像他总是以很稠的稀饭来招待朋友们，虽然大家只想喝点粥汤。乡村少年心中的北京在哪里？天松说，“比梦想更远。比天空更远，天空抬眼就看得到，爬到背头山就可摘到星星了。但北京要发挥想象才能梦得到。”好了，乡村少年终于成长为文学青年，而且来到了北京，站在天安门广场上看升国旗了。那么，天松看到了什么？“我又矮又小。典型的南方人。怎么跳也看不见那戎装笔挺的旗兵规范庄严的神情。一切只能凭我的猜测。我只是从那密密匝匝的人群的又兴奋又凝重的眼神中看出国旗在人们心中的位置。”

在我所阅读到的描绘冠豸山的文章中，价值谎言和虚假抒情比比皆是，他们在导游的指引下转一圈，记几个名词在本子上，回到宾馆吃好喝好，然后写下“一路景观目不暇接，碧水丹山宛如武夷”之类恶俗的文字。只有杨天松敢诚实地记下攀登摩天峰的情形：

我趴在石阶上像一只虫子。我在想象中看见自己滚下山崖摔成粉末。我在头晕目眩中无意识地往上攀登。那的确是攀登。我用双手攀着前面的石阶往上爬。有好几处几乎是垂直的，有好几次我觉得自己要摔下去，像小鸟一样地摔下去。在快到寨门的最后关头时，我感到自己快要崩溃了。

当我读到这样的文字时，忍不住要会心一笑，像看到世界最精彩的章节。文学必须为弯曲悖谬的世代作见证，这是我们为自己制订的纪律，也是我们所以写作的基本立场。我不敢断言杨天松今后在文坛的地位，但我敢断定他的作品是难能可贵的标杆，因为那是他生命的独白。假如你敢确立生命的意义，为何不敢记录生命的独白呢？

（《秋天的独白》，杨天松著，海峡书局，2017年2月）

《奇迈奇缘》后记

闽西是共和国的摇篮、改革开放的热土，发生在这里的传奇，有的已经成为党和国家进程之重要标记，譬如古田会议；有的久在深闺人未识，譬如厦门大学在龙岩新罗的办学经历。我们编辑出版这部书的目的，就是要向世人呈示一枚被历史烟尘遮蔽的晶莹宝石，让它重见天日。

厦大理、工两学院内迁龙岩办学，时间为1951年3月至1952年2月底，整一年。

历史，从来都没有孤立事件。新罗的革命激情、新罗的教育理想，一脉相承、代代相传。我们编辑出版《奇迈奇缘》，就是为了见证历史，融成厦门大学和龙岩人民的集体记忆，更好地携手合作、面向未来。我们相信，这本书会成为老校友的珍藏，也会让青年学子有所触动，更会成为一部有价值的文献，使人们永远铭记一段中国教育的佳话。

当这部《奇迈奇缘》的编务将要完成之际，曾任厦门大学副校长、不久前获评“当代教育名家”的97岁高龄的潘懋元教授非常热心地为本书题写了书名，并对书稿进行了多处补充和斧正。抗战期间，厦门大学内迁长汀，在闽西办学长达8年之久，潘老先生正是厦门大学长汀时期的毕业生。对于中华人民共和国成立初厦大在闽西的这段历史，他说：“我是这段历史亲历者之一，不仅因为我的家属随迁（新罗）城关溪南，还因我曾在两院讲过政治课‘新民主主义论’——王亚南校长讲总论和新民主主义经济，我讲新民主主义文化。”

“白云千里万里，明月前溪后溪。”“绿杨烟外晓寒轻，红杏枝头春意闹。”在这部书的组稿、编辑过程中，得到了厦门大学党委张彦书记、叶世满副校长、信息与网络中心邱仲潘副主任的热忱襄助，得到了厦门大学历史系、厦门大学档案馆、龙岩学院等单位和厦门大学龙岩老校友、新罗东肖镇及厦大师生当年“老房东”和新罗区委党史研究室的大力支持，在此一并致谢！

点点滴滴、方方面面都在证明，《奇迈奇缘》是一部有温度、有力度、有深度，充满正能量的“情书”，它联系起厦门大学与闽西之间的情感，必将成为蓝海洋与红土地之间沟通的桥梁和合作的纽带。

我们期待着！

编者

2018 年 2 月

（《奇迈奇缘——厦门大学在龙岩新罗的一段峥嵘岁月》，吴尔芬主编，厦门大学出版社，2018 年 9 月）

纯真的就是美的

——《气球的愿望》序

有个女孩叫方若昀，瓜子脸，齐耳短发，笑起来弯弯的眉眼，搁在人群中并不抢镜。可是，她身上有一种纯真的美，不是小大人那种懂事，而是自自然然的状态，随随便便的优雅，好比山头的云朵、树梢的鸟儿。

小若昀六岁时，幼儿园老师用气球装饰教室，童话世界出了意外，调皮的男生故意踩破一个气球。若昀见了心生难过，她认为气球是有生命的，被人故意踩破，不但会痛，而且死了。当天晚上，她躺在床上辗转叹气，跟妈妈讲气球的愿望。

故事说的是：有一个小气球想飞上天当太阳，其他气球都嘲笑他，有的气球甚至讽刺他："什么？这肯定不成！你这小身板，怎么可能飞到天上去呢？你呀，飞到一半就破了，被树夹住了！哈哈……"大家也不停地说："对呀！他说的对！"小气球毫不气馁，坚定地说："我一定会成功的，你们走着瞧！"与妈妈分别时，小气球虽然不舍，仍然坚持梦想。小气球看妈妈的眼里充满了泪水，拥抱了一下说："妈妈，现在轮到我去变成太阳了！你以后看见天上有两个太阳时，会记得其中一个是我吧？""会的，会的，妈妈一定记得你！"小气球于是飞向了高空。

小气球克服重重困难，实现了自己成为太阳的愿望。这个故事说的是，气球妈妈虽然爱孩子，但愿意放手，让孩子去实现梦想。气球妈妈对天空自言自语："我的孩子实现了他的梦想，变成了一个太阳！"

到小学三年级，若昀会写字了，便将这个故事默写出来。妈妈把这个情节曲折又充满温情的《气球的愿望》投稿给《作文大王》，第二天，编辑部叔叔就回复邮件，告知稿件准备发表。受到编辑部叔叔的肯定和鼓励，若昀太高兴了。

也是在三年级那年，姨姨去泰国旅游，带回来一大盒巧克力给若昀。闲聊时，姨姨随口提到，因为语言不通，中国游客在泰国游玩或购物，除了让导游翻译，更多是使用手机的讯飞软件，讲中文，然后将自动翻译的泰文给当地人看，加上用手比画，双方就能明白对方的意思了。

若昀听后很受启发，隔几天就创作了《糖果树》。在这篇童话里，人类和动物都不用费力学外语，只要吃了糖果树上甜甜的糖果，就能说出想说的语言。小军家有一棵糖果树，动物们趁小军一家在夜晚睡觉，由小猴子爬到糖果树上摘糖果，分给小动物们。大象来了，兔子一家也来了，它们排起队偷偷地吃。吃了糖果，所有的动物都开始讲奇怪的语言，有的猴子讲日语，有的大象讲猫语，有的兔子讲人话，有的猫讲鼠语……它们可高兴了，因为它们都会两种语言！很快，人类知道有这样一棵糖果树，也每天排着队吃。从此，小朋友们再也不害怕背英语单词了，大人出国旅行也不怕听不懂的外语了，动物也可以轻易地和人说话了。树上还会结出新的糖果，糖果永远也吃不完！小军开心极了，种下一棵糖果树，竟然可以帮助这么多的人和动物。

二年级时，老师要求大家写一篇宠物的作文。若昀想起小时候饲养过一周的小鸭子，就创作了一篇童话《藏在叶子里的鸭妈妈》。字里行间，流露出鸭妈妈对孩子们真切的爱与关怀。鸭妈妈耐心地教小鸭们说话，鸭妈妈指着花说：“这是花。”小鸭们跟着读：“花，花，这是花。”鸭妈妈指着草说：“这是草。”小鸭们叫：“草，草，这是草。”鸭妈妈指着石头说：“这是石头。”小鸭们叫：“石头，石头，这是石头。”鸭妈妈指着大树说：“这是大树。”小鸭们叫：“大树，大树，这是大树。”鸭妈妈陪孩子们捉迷藏，当小鸭们因找不到妈妈哭时，她立即现身，并温情地说：“我一直在你们身边呀！”小鸭们问：“在哪儿？”鸭妈妈说：“我藏在那些叶子里！”小鸭们笑了，有妈妈有身边多么好！

四年级的一天，若昀看到新闻说，一只小狗只有三条腿，连尾巴都断了，仍坚强地活着，成了“明星狗”。若昀看了很感动，创作了童话《会一百种本领的旺旺》，塑造了一只“身残志坚”的三条腿小狗旺旺。小旺旺一开始自卑郁闷，在妈妈的鼓励下开始求学。所有的狗都笑它，有的叫它“三腿狗”，有的叫它“残疾狗”。旺旺每天都生活在嘲笑当中，非常地难过。有一天，他对妈妈说：“妈妈，我不想再活下去了，大家都嘲笑我，我活在这个世界上没有什么用！”妈妈说：“那我送你去培训班，看看能不能让你学会几样本领。”在培训班，旺旺受到了无数的嘲笑和打击，但无论遇到多少困难，妈妈都鼓励它。后来，旺旺遇到了一位好老师，教旺旺学会一种又一种本领。最终旺旺学会了一百种本领，成为一只厉害的博士狗，保护小狗国。

若昀利用在午托班的休息时间坚持创作，到小学五年级，已经写出 20 多个童话，主人公都是从小陪伴她的、满房间的毛绒公仔。

在若昀的心目中，陪伴她的毛绒公仔是有生命的，小伙伴是可靠的，梦想是能实现的，坏人是一定会被惩罚的……值得一提的是语文课李凤花老师和吴荔荔老师，她们在班上朗读若昀的童话，鼓励若昀的创作。正是她们的慧眼识珠、对原创作文的关注与呵护，才使若昀的激情与想象力不至于被扼杀，因为原创作文毕竟不同于规范的应试作文。

除了喜欢写作，若昀还弹钢琴、吹陶笛、练书法、学绘画、爱游泳、懂轮滑、打冰球、常跑步。若昀的梦想很多，也希望自己能学很多很多的东西，将来能做很多很多的事情，并且，她把这些愿望都写进童话，一一实现。若昀的童话，因纯真而美，因纯真而有力量。笔者的孩子只比若昀小一岁，读若昀的童话就特别亲切，就特别愿意鼓励若昀写下去。

安徒生说，孩子就是小不点，记不起自己最初是躺在哪朵花里，花儿发出怎样的香气。但是他们长大成人以后，身上却有某种品质，使他们说："我最爱这朵花！"

爱生活的孩子，才会爱创作，长大了才会有创造力。一个成年作家，为孩子们写童话已经是功德无量；一个孩子，为自己的同龄人写童话，那更是难能可贵了。年仅 11 岁、在厦门故宫小学读六年级的方若昀能够坚持写作，为尚不丰厚的中国童话土壤播下一颗希望的种子，也就是为未来播下了纯真与浪漫。

多年没有作序了，在一个万物萌动的春天，能为一个小学生的童话写序，心中自然涌出绿油油的梦想。因为：

童话是民族的梦想，是未来的种子。

（《气球的愿望》，方若昀著，四川民族出版社，2019 年 6 月）

有一种可爱叫一根筋

——《谷文昌》《廖俊波》创作手记

第一次去东山岛，是2014年8月，为电影《左耳》打前站。

东山真漂亮啊，一片片木麻黄绿树成荫，沙滩细软、海鲜丰美，蔚蓝的海平面延伸到天际，人们生活在花红草绿的优美环境中。我心中暗暗赞叹：这个景选对了！

随行的宣传部领导说："唉，多亏了老书记谷文昌，没有他制服风沙，哪来的今天？"

谷文昌，一个在福建响当当的名字，在我的印象中他只出现在报纸上、刊物上、电视上，这是第一次感受到了他的气息。我忽然觉得，那阵阵林涛，是谷文昌的呼吸，他没有走，他的心思、他的意志、他的情感，都留在东山，留在每个欢声笑语的角落旮旯，留在每个有情有义的海岛细节。

在我们的生活中，永远有那种可爱的一根筋，俗话说"吃了秤砣铁了心"，或者说"认定的事九头牛拉不回"，心理学上叫强迫症。这种人认死理，不拐弯，一条路走到黑。在灵活变通的人群里，显得格格不入。

这种人以前有，现在有，将来肯定也会有。比如廖俊波。

廖俊波因为在武夷山工作，所以认识他的人很多。福建有两个热闹的地方，一个是鼓浪屿，另一个就是武夷山。三教九流，各色人等，成群结队。我没见过廖俊波，但他工作过的几个地方我很熟，我身边很多朋友也跟他很熟。当我问起他们对廖俊波的印象，他们都会哈哈一乐："他就是一根筋！"

廖俊波跟谷文昌的逻辑是一样的：既然让我来当这里的头头，我就要把事情办好。半途而废不行，以权谋私不行，华而不实不行，因为他的脑子只有一根筋，想不出那些弯弯绕绕。

我认识廖俊波老家的人，他愤愤地抱怨："当了一个副市长，对村里没有任何照顾。"我说："这就对了，在他的那根筋里，他是南平的副市长，不是你那个村的副市长，他脑子拐不过弯来。"

其实，谷文昌的事迹错综复杂，小时候讨饭，后来当石匠，参加革命，南下干部，组织东山保卫战，下放到宁化县搞了个灌溉农田的水库，当了林业厅副厅长猛抓封山育林什么的。但是，最能体现他一根筋的，还是在东山岛种树：一次一次失败，一遍一遍重来，想各种办法，动各种手段，那股劲头，就是用牙也要把石头咬一个洞。

在写作的过程中，我就想，一个学生有谷文昌的劲头，是可以上清华北大的；一个作家有谷文昌的劲头，是可以弄大书获大奖的；一个民族有谷文昌的劲头，是可以走向全世界的。

廖俊波教师出身，上有老下有小，骨子里是体恤孩子的，他有一个潜意识：一切事业都要面向未来。因此，我的写作重心不是放在廖俊波操办了多少轰轰烈烈的大事，而是他主办的那些事，跟老百姓有什么关系？跟孩子们有什么关系？跟老百姓有关系才叫办实事，跟孩子们有关系才叫面向未来。

我喜欢廖俊波的帅气、干净、坦诚、执着和幽默感，在这个浮躁的世界，不是一根筋难以成就事业。遗憾的是，在廖俊波活着的时候，没能跟他喝上两杯。

作为一个职业作家，为笔下的人物落泪是罕见的事，但在写这两本小册子的时候，我却多次落泪。当环境和性格形成合力，把一个人的命运挤向独木桥，自然就有一股撕心的力量。谷文昌大半辈子在福建，廖俊波是土生土长的福建人，都算我的福建老乡。自古就有“福建才子江苏汉，浙江师爷湖南将”的说法，谷文昌和廖俊波肯定属于福建才子，历史上的哪一个才子不是一根筋呢？

这两本书出版后，有文友坦率地批评：“它们违背了你一贯的价值观。”

十几年前，我心血来潮自创一种新的小说类型叫“犯罪心理小说”，先后发表出版三部长篇《九号房》《姐妹》《人皮鼓》，卖了近30万本，讲的都是人性的阴暗。怎么会笔锋一转，写起人性的光辉呢？

我笑着反问：“没有人性的阴暗，哪来人性的光辉？”

（《谷文昌》《廖俊波》，吴尔芬著，党建读物出版社、接力出版社，2019年4月。本文原载《中国新闻出版广电报》2019年9月26日）

历史是有记性的

——《汪德耀传》后记

在孩子们的记忆中，无论多早起来，都赶不上爸爸起得早。汪德耀每天不到 5 点就起床，备课、写讲义、复信……直到 90 高龄，汪德耀还是全家第一个起床、第一个坐到书房办公的人。尽管汪德耀的教学生涯已有 60 余年，但每天上课前他仍然认认真真备课，从不敷衍了事。

纵观汪德耀的一生，充满崎岖与坎坷、坚忍与包容，一生都在忍受一些人的误解，甚至是权威的怠慢。值得称道的是，汪德耀乐观的性格使他能够笑看人生、直面痛苦。此外，汪德耀的记忆力时好时坏，对科学研究、对教学工作，他的记忆力好得惊人；但是，对那些有愧于他的人、对强加给他的苦难，他总是会忘记，从记忆中清除。因此，他总能心情愉快地生活着。

尽管长得“短小精悍”，在厦门不事张扬的闽南文化氛围里，汪德耀却因为说话中气十足的大嗓门、直来直去的性格而显得与众不同。有人说他是像一串点燃的鞭炮，噼里啪啦、毫无顾忌地响着；也有人形容他是一门小钢炮，瞄准目标就放，绝不藏着掖着。

这个小个子男人是精神的巨人，也是行动的巨人。在怯懦折磨着中国知识分子的年代里，汪德耀也没有学会看别人的脸色行事；他的生命穿越整个20世纪，却没有在跌宕起伏的命运中练就圆滑，总是光明正大地表达自己的观点。

汪德耀终身热爱厦门大学，进入老年仍积极为学校创建新专业而到处筹措，为解决教职工的特区津贴而四处奔走，为优秀人才顺利提升而仗义执言，如此等等，不胜枚举。病重时，汪德耀叫太太王文铮给吴厚沂挂电话，要他注意次日中央电视台“名校介绍”的节目，届时将把厦大推荐给全世界。可见汪德耀热爱厦大之心是何等炽烈。

2000年10月10日，汪德耀病情恶化，在头脑已经不是每时都清醒的情况下，他握住女儿汪敏的手，告诉她有三件事放心不下：

第一是有两位博士生快要论文答辩了，他一定要去参加。

第二是教研室有份会议材料要批阅，要她把病房桌上的材料拿给他看。

第三是北京有个国际细胞学术会议，他想去参加，考虑要怎么去。

汪敏强忍着即将夺眶而出的眼泪，要父亲好好休息，等病好了之后再考虑工作。汪敏没想到，这竟然是父亲最后的话，此后，汪德耀再也讲不出话。第三天下午，汪德耀与世长辞了。

10月12日下午4点45分，汪德耀该走的路走完了，该打的仗打完了，安详离开人世，享年100岁。

汪德耀走时，相濡以沫的夫人王文铮一直握着他的手，他的手始终是热的，她始终觉得他还没走。

讣告上称他为：“原福建省政协常委、厦门市政协副主席、农工党中央咨监委常委，我国细胞学生物学奠基者之一，厦门大学原校长、博士生导师汪德耀教授”，算是盖棺论定吧。

10 月 17 日，遗体告别仪式在厦门举行。省委常委、厦门市委书记洪永世，省人大常委会副主任洪华生，副省长汪毅夫及厦门市、厦门大学的领导，汪德耀家乡江苏省灌云县代表，汪德耀教授生前好友及厦大师生数百人参加了向汪德耀教授遗体告别仪式。

汪德耀走得很匆忙，竟没有留下对自己后事的安排。他去世后，王文铮自作主张把他的骨灰撒在厦大海边，她说："他那么爱厦大，这样，他就可以天天看着厦大了。"

汪德耀走了，他的影响力永在：

以美洲校友会为主体，成立了"汪德耀奖学基金"，每年发放奖学金；

厦门大学翔安校区图书馆五楼设有汪德耀纪念室，供青年学子缅怀瞻仰；

2016 年，厦门大学 95 周年校庆前夕，由美洲校友会发起募款运动，制成汪德耀纪念雕像一尊，置于"汪德耀纪念室"内。

对笔者来说，汪德耀是一个远在天边的大名，第一次了解他，是 2012 年 9 月，省委统战部组织福建艺术家"生态长汀行"。以前有所耳闻厦门大学抗战期间是内迁长汀办学的，这次才知道从厦门内迁长汀的校长叫萨本栋、从长汀回迁厦门的校长叫汪德耀。于是，这两个名字像楔子，敲进了我的记忆。

这次笔会，我个人有一个意外的成果，就是跟老领导陈日源达成协议，编辑出版《大汀州》。为了方便编辑与阅读，《大汀州》全书内容分为"千年州府""名流荟萃""红色摇篮""乱世风华""黎明前夕"五个部分，其中"乱世风华"讲的就是厦门大学在汀州。

于是，我行色匆匆地奔赴国家博物馆、国家图书馆、福建省档案馆、福建省革命历史纪念馆、厦门市图书馆、厦门大学档案馆、厦门大学图书馆、厦门大学校史展览馆、闽西革命历史博物馆、长汀县博物馆、厦门大学在长汀陈列室，以及规模不一、遍布各地的书店，广泛收集与厦门大学有关的老照片和历史文献。

随着资料的丰富和编辑的深入，一个宏大的情景渐渐生动起来：有一所改为国立第二年就避难到长汀的大学，扎根古汀州这片土地的滋养，短短数年间，一跃成为中国最出色的大学。她就是有“南强”之称的厦门大学。在那个战乱的年代，在这个偏僻的山城，以萨本栋、汪德耀为代表的海外学成归来的知识分子，怀着满腔的报国热忱，一头扎进伤痕累累的长汀，舍身投入白手起家的艰难建校中。

汪德耀是1943年到长汀厦门大学的，任生物系主任、理工学院院长。1944年，萨本栋赴美国就医讲学，汪德耀接任厦门大学代校长、校长。

《大汀州》在厦门大学出版社正式出版后，我写了一篇散文《乱世风华》，发表在《芳草》《福建日报》《厦门文学》《闽西日报》等报刊上。随着《大汀州》的发行，不断有热心人给我提供和推荐各种相关图文，史料的增加让我倍受鼓舞，本打算拓展成一本书，由于筹措不到出版经费，计划被迫搁浅。

2016年初，受龙岩市新罗区书记刘友洪的委托，着手《奇迈奇缘》的编辑工作。这本大型历史文献有一个冗长的副标题“厦门大学在龙岩新罗的一段峥嵘岁月”，背景是这样的：

1950年夏，美国派兵朝鲜的同时，命令第七舰队开入台湾海峡。地处海防前线的厦门大学不断遭到蒋军的空袭和炮击，教学工作受到很大干扰。上级决定将理、工两学院暂时疏散到闽西龙岩。学校考虑到工学院大型仪器多，所以决定搬到城关，理学院则到东肖，这一内迁工作得到龙岩地区的大力支持。厦门大学理学院工学院在龙岩新罗区虽然只有短短一年，却足以让新闽西再一次星光熠熠，比如汪德耀就曾在那里任教。奇巧的是，50 多年后在当年厦大办学的奇迈山下，诞生了龙岩学院，龙岩学院和厦门大学经常交流互访，如亲戚一般你来我往。

《奇迈奇缘》虽然我挂名主编，其实有黄征辉、符维健、戴岩、张侃、林秀莲等一竿子高手在加盟，真实反映那段峥嵘岁月和奇迈山为国家培养出卢嘉锡、陈景润、田昭武、张乾二、肖培根、林鹏、阙端麟七名中国科学院、中国工程院院士的翔实历史，林鸿庆、曾定等一大批老校友的回忆文章和精美老照片让本书具有可读性和收藏价值，与闽西渊源深厚的老副校长潘懋元题写了书名，可以说是填补厦大一项重大的文史空白。为厦门大学和龙岩学院两校的携手合作，架设了桥梁、系上了纽带。

这部书反复折腾了两年半，到 2018 年 9 月才由厦门大学出版社正式出版，一项重大收获就是从老乡家里找到一张汪德耀的照片。汪德耀当年住在潮海楼，楼主叫张添旺。楼主一家与厦大老师们融洽相处，亲如家人。张添旺的女儿满月时，汪德耀教授为她取名张秀明，手抱婴儿与大家合影，并在照片背面签名。这是一张妙趣横生的照片，亲切、随意、自然，值得反复揣摩。老太太、名教授、几个小屁孩，就这么探头探脑地挤成一堆，摁下快门，定格成永恒。透过这张发黄的老照片，你很容易得出一个结论：汪德耀是个性情中人、生活中人，平凡中散发出魄力的光辉。

转眼来到 2019 年春天，厦门大学出版社的老社长蒋东明动员我创作《汪德耀传》，我起初不愿意接，原因有二：一是传记发行量小，不赚钱；二是汪德耀的资料少，不好写。几任老校长，邓萃英因为任职时间短，文献自然少；而汪德耀的文献少，是对他的不公和漠视造成的。如果写的是林文庆、萨本栋、王亚南传，我肯定二话不说就接了，东西多，腾挪的空间就大。让我下决心干这一票的是蒋东明先生的一句话：“你也是校友，这是你对厦大做贡献的一次机会。”

我算厦大校友吗？对这个问题，我始终是疑惑的。20世纪90年代，我曾在哲学系的“专业证书班”读了一个大专学历；后来在孔永松教授领导的客家学研究中心受聘副主任，做过几个课题，并出版了三本专著；然后在中文系、嘉庚学院零敲碎打地上了几门课；在马克思主义学院断断续续的讲座则持续至今。

这么细细地数算，我猛然发现：厦门大学在福建是高山仰止的存在。你不一定生活在山上，但这座高山挡住了风，形成了雨，滋润了八闽大地和大江南北、长城内外。你可能祖宗八代都没有入学厦大，但你的七大姑八大姨总与厦大有千丝万缕的联系，百年来，厦大的支脉盘根错节，支支叉叉的息息相通，跟你我都有脱不了的干系。

因此，写汪德耀，必定不止于他个人；写厦大，必定不止于一所学校。所以我向蒋老师承诺：“写，而且要认真写。”

世界上任何一所大学，之所以有魅力，正是因为有一批在学问和品格上有魅力的大师。清华因梅贻琦、陈寅恪等大师而骄傲；北大因蔡元培、胡适等大师而自豪；南开有张伯苓、陈省身等大师而辉煌；浙大有竺可桢、钱三强等大师而传世；厦门大学能立足于山城，发展于乱世，正是因为有了萨本栋、汪德耀等一批大师在长汀披荆斩棘、呕心沥血、竭诚奉献、以身垂范。

2019年3月15日，蒋东明老师组织了一次座谈会，生命科学学院德高望重的老校友洪水根、曾定，博导吴乔，厦门大学出版社编辑陈进才等重量级人物对本书的创作提出了非常具体的建议和要求，张明智书记很重视，提供了宝贵的书面资料。

虽然没有现成的、完整的汪德耀全传，所幸在厦大校史、厦大校刊等众多翔实的文史资料里，存在着不少与汪老关联甚广的历史记载，厦大师生之间有众多与汪老有交集的见证者。虽说是星星点点，却布满同一片天空。透过这些文字材料及见证者的口述，笔者才能从纷繁的蛛丝马迹中寻幽探胜，逐渐拼凑出汪老完整的人生线索，进而从他所行之艰、所历之难，去窥得他的精神世界。

在收集资料的过程中，得到石慧霞、郑启五、海中央等挚友的大力支持，他们奉献的史料都放在附录的参考文献中，在此不一一致谢。还有我的学生自在天、张玉薇，他们为本书完稿付出了艰辛的劳动。

特别值得一提的是汪德耀的公子汪莱庆先生，他从加拿大回来，2019 年 11 月 7 日我们在逸夫楼喝了一次咖啡，2019 年 12 月 7 日我又去他家拜访。进了厦大的南校门，在克立楼的十字路口朝山上的方向走到头就是厦大武装部，武装部右边有条车道走到头，左拐再到头就是凌峰楼汪家。

这条几次走到头的路是一种预示，汪德耀是一个执着而坚持的人，他的人生之路正是这样：只顾攀登莫问高。我执意要走一走这条路，因为这是汪德耀先生走过无数次的路，他在这条路上的思考，在这条路上歇脚，在这条路上说笑。在这条路上，我能感受到汪校长的气息与余韵。

汪莱庆先生的身姿和长相都极像乃父，乐观、热情、开朗，说话开门见山，帮助毫无保留。他回答我的任何提问，向我展示所有素材，让我见识了一个心底坦荡荡的君子。

书稿完成后，汪莱庆先生发给厦大北美校友会负责人李里焜，李先生又转发给苏林华、王奋等老校友审阅。他们都 90 上下高龄，多次参加厦大校庆，每次都会向校方提出，应该真实客观地还原汪德耀校长在中华人民共和国成立前夕保护厦大的功绩。他们对书稿提出的意见诚恳而专业，无愧我辈之师。

汪老自己说，他60多年来从事教学科研的动力，是热爱祖国和热爱科学。这种热爱之情，成为贯穿他人生的一条主线，也是笔者在整理资料和进行本书创作过程中最大的感受。汪老的光辉岁月的体现，不在于他带领厦大在困难时期的维持及发展，也不在于他奠基和开拓我国细胞生物学，而是在于他有一颗无论外部世界怎么变化，都始终不懈的赤子之心。

熟悉汪老的人都知道，他一生经历曲折而丰富，知识渊博而著述众多，广结名流而知交满天下，重情重义，古道热肠，爱学生如爱子，可谓是师者楷模，让人高山仰止。此外，在笔者看来，汪老一生最难能可贵之处，就是他无论在教学、治校、科研还是社会活动上，都能在非常之时，勇于担当，把自己的平凡岁月燃烧成光辉的火炷。

汪老的一生丰富多彩，一本传记所能呈现的人生侧面，百不足一。加上笔者学识所限、专业缺乏，错误难免、漏洞必然。书稿面世，总算是丑媳妇见了公婆。不当之处，敬请批评指正，待重版时，必然更正。

聊以自慰的是，我为心仪的汪德耀校长做了一件力所能及的事，就是为厦大添了一块砖、加了一片瓦。在有生之年，得过厦大培育滋润的我能够举着这本书自豪地说：看，我又为母校做了一点点贡献。

作为个体的人，有弱点也有缺陷，可以逃避，也可以选择性地遗忘。历史是命运的共同体，是集体活动的总和，不可以，也不能选择性地遗忘。历史有自己的真相、自己的逻辑，少了一环，链条就断了，破碎的历史难以树立人心的丰碑。

所以我们反对历史虚无主义，因为历史是有记性的。历史必将记住每一个留下痕迹的人，包括汪德耀。

（《汪德耀传》，吴尔芬著，厦门大学出版社，2021年3月）

编后记

兰文是个爽人，有过多年的愉快合作，经常约诗人徐万明、唐天等人小酌。这几个都够不上名家，但我也实在看不出他们的作品跟名家有什么差距？他们对那个什么的看法，甚至可以用“透彻”来形容。那天兰文估计喝高了，大半夜猛然发过来《吴大师造梦》，这写的是我吗？于是加了“是为序”三个字，放在最前面。

“游与记”按发表先后排序，不跟以前出版的散文随笔集重复。

“评与论”前六篇是美术评论，后两篇是学术论文。我兼了一任厦门作家书画院的院长，觉得要对得起这个头衔，于是写了一批美术评论。又因为当了十年厦门大学客家学研究中心副主任，躲不掉要参加各种会议，免不了要提交论文。虽然我发表过的论文有一些，除了这两篇，都归纳到已经出版的那几本历史专著中了。

“问与答”选择了跟文学有关的部分对话。其实我的对话非常多，只是说过了就拉倒，没有录音，更没人整理。说者无意，听者无心。鸟飞过天空，可是没有痕迹。在连城的时候就有跟几个文友出版一本对话录的想法，后来因为谁来整理的难题搁浅了。没错，对话很容易，整理很难，很烦琐。几个文友都是散淡的人，我是个忙碌的人，都不适合干这种艰涩的工作。

“序与跋”的部分，按出版时间排序，跟已经出版的散文集、随笔集不重复。比如傅翔《不合时宜的思想》中的序言《书生傅翔》、陈福楂《生活刚刚开始》中的序言《高地缅怀》、吴尧生《翠竹青青》中的序言《人本阅读》、黄征辉《秋水入梦》的跋《良善的旗帜》，收入到散文集《对影成三人》中；杨天松《石泉集》中的序言《那个寂寞的身影竟然是中流砥柱》收入到随笔集《故事的价值》中；还有两篇前言《三十年河东》《同学是前世的兄弟姐妹》收入到散文集《你笑什么》中，这里就不再重复了。

出版这本书，是要给自己的青春岁月留个念想，为破碎的文学强县梦踏出一个脚印。

干完这杯陈年老酒，我就要重新出发了，去做更有意思、更带劲的事情。

我不迷恋经历的前尘过往，但也不耽误回眸一笑。

在风中，在雨中，在天空的倒影中，在人世的迷茫中，但愿我的笑容能给你带来一丝温暖。

谢谢你喜欢我的文字！